신일본어학총서 **74**

『とはずがたり』의 敬語 研究

都 基 禎

제이앤씨
Publishing Corporation

なよ竹物語絵巻(金刀比羅宮蔵)

준세 가마쿠라 시대의 당시 궁중 분위기를 엿볼 수 있는 에마키의 한 부분이다.

序 文

고전어와의 본격적 만남은 1990년 京都로 두 번째 유학길을 가서 부터 시작되었다. 고전의 세계와는 교토라는 지역적 특성으로 말미 암아 쉽게 만날 수 있었고 사계절의 변화와 함께 전통은 현대와 어우러져 늘 우리 생활 속에 이어져 내려오는 듯 했다. 가족과 함께 한, 천년의 우아함을 간직한 古都에서의 생활은 젊은 날에 있어 인문학을 공부하는 필자로서는 인간에 대한 이해와 무한한 정서적 풍요로움으로 인생의 한 부분을 아름답게 장식하기에 충분했다.

고전어의 연구 중에서도 특히 경어에 관심을 가지게 된 것은 고전문의 해석에 있어서 경어의 이해는 필수 불가결한 요소이며, 사용된 경어에 따라 사회적 신분이나 화제 속 인물들의 상하 관계를 파악할 수 있기 때문이다. 경어의 종류는 표현주체인 화자가 누구에게 경의를 나타내는가에 따라 구분된다. 즉, 화제 속의 동작 주체(シテ)에게 그 방향이 있는 것을 존경어, 그리고 동작 객체(ウケテ)를 대우하는 경어를 겸양어라고 한다. 따라서 고대 봉건 사회에 있어서는 이러한 존경어와 겸양어가 엄격한 신분사회의 상하 질서관계를 나타내는 말로서 중요한 기능을 수행하고 있었다.

그러나 이러한 경어의 쓰임도 중고기 이후에는 「侍り」를 시작으로 청자를 대우하는 대자 경어로의 용법이 발생한다. 더욱이 중세가

되면, 상대·중고기의 경어 용법을 계승하면서 다른 한편으로는 경어형식의 다양화, 일부 존경어와 겸양어가 대자 경어로의 용법변화 등, 대화의 場에서 화제 속 인물에 대한 경어가 청자에 대한 배려로 변동된다.

특히 겸양어 중에서는 종래의 용법이 아닌, 중세적 용법이라고 할수 있는 다른 대우성을 가지는 것이 있다. 「申す」를 비롯한 「まかる」·「まうで来」와 같은 경어는 이러한 용법 변화가 두드러지며, 오늘날 경어 연구에 있어서 겸양어라고 볼 수 없는 이 경어들을 어떤 종류의 경어로 분류할 것인가가 또 하나의 과제로 남아 있다. 상대·중고기는 객관적 상하 신분 관계의 인식에 의한 경어 사용에서 청자를 중시하는 대자 경어로의 이행기인 중세에 있어서 이들 경어의 역할은 매우 중요하며, 경의의 방향이 누구에게 있는지, 또는 어떤 성질의 것인가에 따라 연구자마다 경어 분류를 달리하고 있기 때문에 종전의 三分法(尊敬語·謙讓語·丁寧語)으로 설명할 수가 없는 이에 대한 분명한 기준점을 제시해야 한다. 본서에서는 경어사에 있어 그 어느 시대보다 경어 형식의 다양화와 용법 변화가 많은 중세 경어에 그 초점을 맞추어서 고찰한다. 자료로는 에도 초기의 필사본으로 추정되는 「宮內庁 書陵部蔵御所本」인 『とはずがたり』를 사용한다. 본 자료는 모두 5권으로 구성되어 있고, 전반은 궁정편이며, 후반은 수행편으로 고후카쿠사인노니조(後深草院二條)에 의해 중세 가마쿠라 시대에 집필된 자전적 여류일기이다. 현재 전해지는 필사본이 孤本이기 때문에 본문의 내용을 異本과 비교 검토 할 수가 없어서 경어 사용 상황이나, 높임의 정도 등에 따라서 주어나 인물 관

계를 파악하는데 상당히 어려움이 있다. 그러나 이 자료가 세상에 빛을 본지 오래되지 않았다는 신선함도 있지만, 본 자료에 대한 지금까지의 연구가 주로 존경 표현에 관한 특정한 경어 형식을 중심으로 그 빈도 수와 경의 대상에 따른 높임의 정도를 조사한 것이 대부분이었다.

그러나 이러한 부분적 경어 연구로는 헤이안 시대 이후의 용법을 계승하면서 중세의 새로운 용법으로 그 다양성을 더해 가는 이 작품이 가지는 경어 특징을 파악할 수 없다. 특히 겸양어 표현과 이에 관련된 용법 변화 및 중세 이후 발달하는 대자 경어에 관한 연구는 극히 미흡한 단계에 머물러 있다고 할 수 있다.

뿐만 아니라, 본 자료의 地文에서는 중고기에 대자 경어의 중심적 역할을 담당했던 「侍り」가 「申す」·「まかる」·「まうで来」와 더불어 문장의 장중함이나 고풍스러움을 얻기 위한 문체적 용법으로 사용되고 있이 이법상 또 다른 큰 특징을 가지고 있다.

본서에서는 이상과 같이 고대 경어가 청자를 중시하는 근대 경어로의 전환점에서 매우 중요한 역할을 담당하고 있는 이들 경어를 중심으로 면밀한 자료 분석을 통해 그 대우성을 고찰하고자 한다.

그 동안 이 책이 이루어지기까지는 많은 분들의 사랑과 가르침이 있었다. 고전경어 연구의 푯대를 정해 주시고 학문의 길을 가는 과정에서 어려움에 부딪힐 때마다 용기와 힘을 북돋아 주신 붓쿄대학의 아키타 사다키(穐田定樹) 지도 교수님과 은사님들, 그리고 그 동안의 연구 논문을 하나의 묶음으로 체계화시키고 틀을 마련해 지도해 주신 旲美善 교수님을 비롯한 여러 교수님들께 다시 한번 깊은

감사를 드린다.

　마지막으로 이 책의 출판을 흔쾌히 맡아 주신 도서출판 제이앤씨 출판사의 관계자 여러분들께도 감사의 말씀을 드린다.

2008년 11월 7일

성산골 연구실에서

도 기 정

目 次

表目次

『とはずがたり』의 敬語 研究

第一章

序 論

第一節　研究 動機 및 目的

　중세[1]는 경어사에 있어 경어 용법이 그 어느 시대보다　다양하고 변화가 많은 시기였다.[2] 존경 표현으로는 1) 단일 형용사나 동작어 앞에 「御」를 붙여서 敬意를 나타내는 경어 형식이 생겨났고, 2) 「御－あり」・「御－なる」형식의 발달과 더불어 「－(さ)せおはします」나 「－(さ)せ給ふ」와 같은 이중경어의 사용이 증가했으며, 3) 존경　표현

---

1) 본서에서는 다음과 같이 1) 上代(奈良時代) 2) 中古(平安時代) 3) 中世(院政・鎌倉・室町時代) 4) 近世(江戸時代) 5) 現代(明治以後)로 시대 구분을 한다.

2) 大塚光信(1966,「中世敬語の特質」『国文学 敬語法のすべて―古典語と現代語―』11-8 学灯社 pp.36-44)에서는 중세 경어의 특징을 1) 경어의 종류 및 사용 증가 2) 존경 표현을 중심으로 하는 경어 형식의 다양화 3) 일부 존경어와 겸양어가 대자 경어로의 용법 변화 4) 「侍り」의 문장어화 및 「候ふ」의 전성기로 들고 있다.

「御ーあり」가 중세 후기에는 「御座ある」로 바뀌는 등, 對者 敬語로 용법적 변화가 일어났다.

겸양 표현에 있어서는 1) 보조동사 「給ふ」(下一段)와 「聞ゆ」가 쇠퇴하고 이를 대신하여 「申す」・「参らす」・「奉る」가 많이 사용되었고, 2) 「申す」를 중심으로 일부 겸양어가 본래의 용법과는 다른 대자 경어로 쓰이게 된다.

또한 대자 표현에 있어서 중고기에 많이 쓰이던 「侍り」는 쇠퇴하고 중세에 이르러서는 「候ふ」가 뒤를 이어 對話語로 그의 대표성을 가지게 되고, 「侍り」는 문장어로 남게 되었다.[3]

본 연구에서는 이러한 중세 경어의 시대적 상황 속에서 이 시기에 쓰여진 『とはずがたり』의 경어 실태에 관해 중점으로 살펴 볼 것이다. 본 연구자가 이 작품을 통하여 경어의 실제 사용을 살피게 된 동기는 1) 이 작품이 궁중 생활을 소재로 한 내용이어서 많은 종류의 경어표현 형식이 사용되고 있고, 2) 경어 용법이 중세 이전의 용법을 그대로 계승 발전시키면서 鎌倉(가마쿠라: 1192-1333년) 시대의 다른 자료에 비해, 중고기와 중세라는 두 시대적 경어법이 본 작품을 기점으로 중세 경어의 특징을 잘 나타내는 양면성을 가지고 있기 때문이다.

『とはずがたり』에 관한 지금까지의 연구는 조동사와 보조동사가 결합하여 이중경어 형식인 「ー(さ)せおはします」・「ー(さ)せ給ふ」에 관한 연구, 존경을 나타내는 보조동사 형식인 「ーまします」・「ー給ふ」(四段), 조동사인 「ー(ら)る」와 그리고 「御ーあり」・「御ーなる」와 같은 형식의 사용 빈도를, 각 신분 계층에 따라 조사하여 이들 존경을 나타

---

3) 山田厳(1974)「中世の敬語概観」『敬語講座3 中世の敬語』明治書院 pp.9-12

내는 표현 형식의 높임 정도 등을 비교·분석한 연구가 대부분이었다.

그러나 위와 같은 부분적 연구로는 중세 경어라는 커다란 테두리 속에서 이 작품이 가지는 특징을 완전히 파악할 수 없다. 존경 표현뿐만 아니라, 겸양 표현·대자 표현을 포함한 전체적인 분석을 통해서만이 『とはずがたり』의 경어 사용에 대한 명백한 실태를 파악할 수 있다. 특히,『とはずがたり』의 겸양 표현과 대자 표현에 관한 선행 연구는 거의 되어 있지 않고, 더욱이 겸양어의 용법 변화에 관한 연구는 全無한 상태이기 때문에 이에 대한 연구가 반드시 이루어져야 한다.

따라서 본 연구에서는 가마쿠라 시대의 여류일기인『とはずがたり』에 사용된 경어의 실태를 고찰하여, 이 작품이 가지는 경어 자료로서의 의의와 지금까지 충분히 파악되지 않았던 경어의 사용 실태를 명백히 규명하는데 그 목적이 있다.

사실 겸양어 중에서는 상대·중고기의 용법을 계승하면서 다른 한편으로 지금까지의 종래의 용법이 아닌, 중세적 용법이라고 할 수 있는 다른 待遇性을 가지는 것이 있다. 특히 「申す」를 비롯한 「まかる」·「まうで来」와 같은 一群의 경어는 이러한 용법 변화가 두드러지며, 오늘날 경어 연구에 있어서 겸양어라고 볼 수 없는 이 경어들을 어떤 종류의 경어로 분류할 것인가가 또 하나의 과제로 남아 있다. 상대·중고기는 객관적·고정적인 상하 신분 관계의 인식에 의한 경어 사용에서 청자를 중시하는 대자 경어로의 이행기인 중세에 있어서 이들 경어의 역할은 매우 중요하며, 경의의 방향이 누구에게 있는지 또는 어떤 성질의 깃인가에 따라 연구자마다 경어 분류를 달리하고 있기 때문에 이에 대한 분명한 기준점을 제시해야 한다.

뿐만 아니라, 중고기에는 대자 경어의 중심적 역할을 담당했던 「侍り」가 『とはずがたり』의 地文에서는 「申す」・「まかる」・「まうで来」와 더불어 문장의 표현 효과(장중함・정중함・우아함・고풍스러움)를 얻기 위한 文體的 用法으로 사용되고 있어 어법상 또 다른 특징을 가지고 있다. 이 문체적 용법은 후대의 『御伽草子』등의 문체에 영향을 주었으며, 또한 이 용법은 작자 자신의 문장에 대한 미적 배려라는 관점에서 근세 이후 발달하는 미화어 표현에 가까운 것이라 할 수 있다.

이들 경어는 고대 경어가 청자를 중시하는 근대 경어로의 전환점에서 매우 중요한 역할을 담당하고 있으며, 이러한 중세 경어의 특징을 입증하기 위해서는 이에 대한 면밀한 자료 분석과 구체적인 조사를 필요로 한다.

본 연구에서는 먼저 선행 연구를 참조하여 존경어・겸양어에 관한 사용 상황 및 중세적 특징을 살펴보고, 「申す」・「まかる」・「まうで来」・「侍り」의 이러한 중세적 용법에 초점을 맞추어 자료 분석을 통해 이들 경어의 분류상에 있어서의 기준점과 그 대우성에 관해서 고찰하고자 한다.

第二節　研究 範圍 및 内容

본서에서는 江戸(에도: 1603-1867년) 초기의 필사본으로 추정되는 「宮内庁 書陵部蔵御所本」인 『とはずがたり』를 자료로 한다. 이 작품은 後深草院二條(고후카쿠사인노니조: 이하 「二條」로 약칭함)에 의해

중세 가마쿠라 시대에 집필된 자전적 여류일기이다. 그 내용은 작자가 14세(文永 8年: 1271년)에서 49세(嘉元 4年: 1306년)까지의 자신의 생애를 소재로 하고 있으며, 모두 5권으로 되어 있다.

전반(1권~3권)은 궁정편으로 천황이었던 後深草院(고후카쿠사인)의 총애를 받고 있던 작자 二條(니조)가 後深草院을 비롯한 여러 귀족들과의 사랑과 갈등 속의 궁중 생활을 회상적으로 서술하고 있으며, 후반(4권~5권)은 수행편으로 애욕과 번민 속의 궁중 생활을 청산하고 여러 지방을 순례하면서 불도를 수행하며 새로운 삶을 추구하는 한 여인의 생애를 그리고 있다.

이와 같이 『とはずがたり』는 전·후반 내용이 다르기 때문에 중세의 여류일기 문학이라고는 하지만, 같은 장르의 작품들과 비교하면 다른 특징을 보여 주고 있다. 전반은 작품의 성격이 왕조 문학적 색채가 농후하며, 후반의 수행편은 중세적 기행 문학의 흐름에 순응하고 있어서 앞부분과는 대조를 이루고 있다.[4] 이러한 구성상의 특성으로 말미암아 전반부와 후반부는 문체와 어법이 사뭇 다르다.

경어법에 있어서도 전반은 천황을 중심으로 하는 궁중 생활을 내용으로 하기 때문에 고정적 상하 신분관계에 의한 경어 표현이 중심이고, 후반은 수행 길에서 만난 사람들과의 일상적인 대화나 상대적 관계에 의한 대우 표현이 다양하게 나타나고 있다.

이러한 경어 용법의 다양성으로 말미암아 『とはずがたり』에는 중고기의 용법을 계승하면서도 다른 한편으로 「御」―단일형용사와 같은 형식을 비롯하여[5] 당시 아직 발달하지 않았던 경어 용법이 자주 나타

---

4) 福田秀一校注(1978)『新潮日本古典集成 とはずがたり』新潮社 pp.335-342

나고 있다. 따라서 『とはずがたり』는 경어사에 있어서 중고기와 중세에 걸쳐 新舊 경어법이 교차하는 과도기적 성격이 강하며 平安(헤이안: 794-1085년) 말기부터 院政(인세이: 1086-1191년) · 가마쿠라 시대에 걸친 경어법의 변화를 파악하기 위한 자료로 가치가 매우 높은 작품이라 할 수 있다.

현재 전해지는 필사본은 「宮内庁 書陵部蔵御所本」뿐이며 異本은 아직 발견되지 않고 있다. 따라서 본문의 내용을 다른 사본과 비교 검토할 수 없음이 아쉬움으로 남는다. 古文에는 주어를 명시하지 않는 경우가 많아 여러 필사본을 상호 비교하여 생략된 부분을 보완 정리할 수 있는 경우가 많으나, 본 작품은 孤本이어서 경어 사용 상황이나, 높임의 정도 등에 따라서 주어나 인물 관계를 파악하는데 상당히 어려움이 있다. 현재 출판된 諸本을 보더라도 각 校註者의 경어 해석의 차이에 따라 주어 · 인물 관계 · 구어역 등, 그 상이점이 많이 존재하며 이러한 부분들을 어떻게 해석해 나갈 것인가 하는 점이 『とはずがたり』의 자료 사용상에 있어서 하나의 문제점이기도 하다.

본서에 사용할 주석서는 「岩波 新日本古典文学大系」의 『とはずがたり』(三角洋一 校註)로 한다.6) 그리고 본문을 예문으로 인용할 때에

---

5) 和田利政(1967)「とはずがたりの敬語ー御─形容詞 · 覚え給ふー」『国文学雑誌』68 p.1
6) 보조 자료로 다음과 같은 기존의 주석서를 참조한다.
　　次田香澄 訳注(1966)『日本古典全書 とはずがたり』朝日新聞社
　　─────(1987)『講談社学術文庫 とはずがたり(上)(下)』講談社
　　松本寧至 訳注(1968)『とはずがたり(上) · (下)』角川文庫
　　福田秀一 校注(1978) 前掲書
　　久保田淳 校注(1985)『完訳 日本の古典 とはずがたり(一) · (二)』小学館

는 위 주석서에 나타난 권수와 페이지를 ( )속에 밝힌다.

본서는 四章으로 구성되어 있으며, 각 장의 내용은 다음과 같다.

第一章 序論의 第一節에서는 연구 동기 및 목적을 밝히고, 第二節에서는 연구 범위 및 내용으로『とはずがたり』의 연구 가치성에 관해 살펴본다. 第三節에서는 지금까지의 선행 연구에 관한 문제점을 지적하고, 경어 분류에 대한 본 연구자의 입장과 그 방향을 제시한다.

第二章 第一節에서는 교체 형식인 존경어와「御ーあり」・「ー(さ)せおはします」・「ー(さ)せ給ふ」・「ーまします」・「ー給ふ」(四段)・「ー(ら)る」・「御ー」등, 각종 부가 형식에 관해서 선행 연구를 참조하면서 고찰한다. 第二節에서는 교체 형식인 겸양어와 부가 형식인 겸양 보조 동사「ー聞ゆ」・「ー奉る」・「ー参らす」・「ー申す」에 관해서 살펴본 후, 이들 경어 및 경어 형식이 단순히 중고기를 계승하는 용법으로만 사용되는지, 아니면 새로운 중세적 용법 변화에 대해 구체적인 용례를 통해 분석한다.

第三章에서는 겸양어의 청자를 대우하는 대자 경어로의 용법 변화에 관해 고찰한다. 第一節에서는「申す」・「罷る」・「まうで来」・「侍り」의 구체적인 예문 분석을 통해 이들 경어가 가지는 본래의 용법과는 다른 대우성에 관해서 규명한다. 第二節에서는「申す」・「罷る」・「まうで来」・「侍り」의 경어 용법이 더욱 다양하게 진행된 중세 경어 용법의 특징에 관해 분석한다. 第三節에서는 대자 경어의 전형이라고 할 수 있는 대화어인「侍り」와「候ふ」의 사용 실태에 관해서 화자와 청자간의 상하 신분관계를 중심으로 구체적인 용례를 분석해 이들 경어의 대우성에 관해서 고찰한다.

第四章 結論에서는 지금까지의 연구 성과를 총괄 정리하고, 향후 연구 방향을 제시한다. 아울러 본 논문의 기초 자료가 되는『とはずがたり』에 사용된「申す」·「罷る」·「まうで来」·「侍り」·「候ふ」의 분석 결과를 부록에 첨부하였다.

第三節　　先行　研究

1.『とはずがたり』의 敬語　研究

1) 존경 표현에 관한 연구

(1)「御ー単ー形容詞」에 대한 연구

단순 형용사 앞에 경어 접두어인「御」가 접속되어서 존경을 나타내는 형식은 중세말 자료에서부터 쓰이기 시작했다는 것이 일반적 견해이다.[7] 그러나『とはずがたり』에서는 단순 형용사 앞에「御」가 접속된 형식[8]이 이미 사용되고 있으며, 이 시대의 다른 자료에도 이 형식이 보이고 있어 가마쿠라 후기에는 이 용법이 이미 성립된 것으로 간주된다.[9]

---

7) 山田孝雄(1954)『平家物語の語法』宝文館 pp.398-399
8) 和田利政(1967, 前掲書 pp.1-6)에서는「御ー単ー形容詞」의 용례로 다음과 같이 들고 있다.「御わづらはし」·「御恨めし」·「御むつまし」·「御ゆかし」·「御いたはし」·「御おぼつかなし」
9) 国田百合子(1964)「敬語接頭辞と動作語・形容詞との融合」『文学・語学』33 pp.30-38

(2) 존경 부가 형식에 대한 연구

『とはずがたり』에 사용된 존경을 나타내는 부가 형식으로는 「ー(さ) せおはします」・「ー(さ)せ給ふ」・「ーまします」・「ー給ふ」(四段)・「ー(ら)る」가 대표적으로 쓰이고 있다. 이에 관해서는 宮内(1980)[10]와 新免(1983)[11]의 연구가 있으며, 이들 존경어 부가 형식의 사용 빈도 수와 경의 대상에 따른 높임 정도에 관한 분석을 그 내용으로 하고 있다. 또한 川崎(1985)의 연구에서는 이중경어인 「ーさ(せ)給ふ」와 「ーさ(せ)おはします」를 높임의 정도 및 사용 대상이라는 관점에서 두 존경어 형식을 비교 고찰하고 있다.[12]

(3) 존경표현 형식 「御ーあり」・「御ーなる」에 대한 연구

중세 경어의 특징이라고 할 수 있는 존경어 형식인 「御ーあり」와 「御ーなる」에 관해서는 若林(1980a)와 末吉(1993)의 연구를 들 수 있다. 若林(1980a)의 연구에서는 「御ーあり」와 「御ーなる」형식을 다른 존경표현 형식의 조동사와 보조동사의 사용 상황과 그 빈도 수를 비교한 후, 「御ーあり」의 높임의 정도는 「ーさ(せ)給ふ」와 같거나 조금 낮고 「ー給ふ」(四段)보다는 높으며, 「御ーなる」는 「ーさ(せ)おはします」보다 높임의 정도가 높다고 지적하고 있다.[13] 또한 「御ーあり」와 「御ーなる」형식에 관해서는 그 경의 대상과 용례 수를 가마쿠라 시대의 일기

---

10) 宮内健治(1980)「とはずがたりの尊敬語」『解釈』26-7 pp.52-59
11) 新免理恵(1983)「とはずがたりにおける敬語」『山田国文』6 pp.30-42
12) 川崎加代(1985)「とはずがたりの二重敬語「せ給ふ」「せおはします」について」『高知大国文』16 pp.27-38
13) 若林俊英(1980a)「とはずがたりの敬語 ー主語尊敬の助動詞・補助動詞と「御ーあり」「御ーなる」の形式ー」『湘南文学』14 pp.17-22

인『飛鳥井雅有日記』와 비교 분석한 末吉(1993)의 연구가 있다.[14]

이밖에 존경 표현에 관한 연구로는 주요 등장 인물을 대상으로 어떤 존경어와 경어 형식이 사용되고 있는가를 비교 고찰한 연구 등이 있다.[15]

2) 겸양 표현에 관한 연구

(1) 본동사에 대한 연구

『とはずがたり』에 사용된 겸양어에 대해서는 青柳(1986)의 연구를 대표적으로 들 수 있다. 青柳(1986)에서는 헤이안 시대의 여류일기와 비교해서『とはずがたり』에는「聞ゆ」의 쇠퇴와 더불어「申す」가 활발히 사용되고 있으며, 중고기에는 볼 수 없었던「御伺候あり」·「御参りあり」·「御見参あり」나「辞退申す」·「祈誓し申す」·「祗候す」·「御供す」·「承る(授受)」·「致す」·「見参に入る」·「見参す」·「かぶる」·「かうぶる」와 같은 중세적 용법이라고 할 수 있는 겸양 표현이 있고, 전체적으로 보면 중고기의 여류일기에 쓰인 겸양어와는 큰 차이가 없다고 지적하고 있다.[16]

---

14) 末吉温子(1993)「とはずがたり・飛鳥井雅有日記の尊敬語」『甲南国文』40 pp.90-100
15) 藁谷隆純(1989)「とはずがたりの敬語」『中古・中世の敬語』教育出版センター pp.243-270
16) 青柳好信(1986)「敬語研究(四) とはずがたりの敬語」『栃木県立足利高校研究収録』9 p.8

(2) 보조동사에 대한 연구

겸양 표현을 나타내는 보조동사인「ー奉る」・「ー参らす」・「ー申す」에 관한 선행 연구로는 이들 보조동사들의 사용 빈도 수와 사용 대상자, 그리고 접속 형태에 대한 분석을 통해서 각 보조동사의 높임 정도와 사용 대상에 대한 제약, 그리고 어떤 語에 접속되는가를 조사한 若林(1980b)의 연구가 있다.[17]

3) 대자 표현에 관한 연구

『とはずがたり』에 사용된「侍り」와「候ふ」를 화자와 청자간 상하 신분의 격차에 따라 대우 대상과 그 높임 정도를 조사한 것으로는 宮內(1979)의 연구를 들 수 있다. 宮內(1979)의 연구에서는『とはずがたり』에 사용된「侍り」와「候ふ」의 대우성에 대해 가마쿠라 시대의 다른 작품에 비해서 '侍り」가 많이 쓰임을 특징적으로 들었고, 이것은 이 작품이 문장어 성격이 강하기 때문이며,「候ふ」는 본동사로서의 용법보다 보조동사적 용법으로 많이 쓰이고 있다고 지적하고 있다.[18]

이상과 같이『とはずがたり』의 경어에 관한 지금까지의 연구는 존경어 및 존경어 표현형식(「御ーあり」・「御ーなる」등)과 이중경어(「ー(さ)せおはします」・「ー(さ)せ給ふ」), 존경 보조동사(「ーまします」・「ー給ふ(四段)」), 조동사(「ー(ら)る」) 등, 주로 존경 표현에 관한 특정한

---

17) 若林俊英(1980b)「とはずがたりの敬語 ー「ー奉る」「ー参らす」「ー申す」ー」『解釈』26-9 pp.46-55
18) 宮內健治(1979)「とはずがたりの丁寧語「侍り」と「候ふ」」『解釈』25-4 pp.16-22

경어 형식을 중심으로 그 빈도 수와 경의 대상에 따른 높임의 정도를 조사한 연구가 대부분이었다. 그러나 이러한 부분적 경어 연구로는 중세라는 시대적 흐름 속에서 헤이안 시대 이후의 용법을 계승하면서도 중세의 새로운 용법으로 그 다양성을 더해 가는 이 작품이 가지는 경어 특징을 파악할 수 없다. 특히 겸양어 표현과 이에 관련된 용법 변화 및 중세 이후 발달하는 대자 경어에 관한 연구는 극히 미흡한 단계에 머물러 있다고 할 수 있다. 뿐만 아니라 경어 분류에 있어서 중세 이후 발달하는 청자를 대우하는 대자 경어를 설명하기 위해서는 종전의 三分法(尊敬語・謙讓語・丁寧語)으로 설명할 수가 없는 경우가 많다. 용법 변화로 인한 새로운 대우성을 가지는 경어를 설명할 수 있는 경어 체계와 더불어 면밀한 자료 분석을 통한 새로운 각도로의 총체적 고찰이 요구된다.

2. 敬語 分類에 대한 研究와 本書의 立場

경어의 종류는 표현 주체인 화자의 경의가 누구에게 향하고 있는 것인지, 또는 어떤 성질의 것인가에 따라서 분류된다. 그러나 연구자에 따라 이러한 분류 기준이 서로 다르기 때문에 경어의 분류나 체계에 관해서는 많은 異說이 있다. 대표적인 경어 분류로는 경어를 경칭과 겸칭으로 나누어서 서구 문법의 인칭설을 도입한 山田(1924)의 분류, 언어 과정설을 바탕으로 한 詞辭論에 따라서 경어를 「詞의 敬語」・「辭의 敬語」로 나눈 時枝(1941)의 분류, 그리고 이를 계승 발전시켜서 경어를 素材 敬語와 對者 敬語로 나누고 소재 경어의 하나로 「美化語」를 설정한 辻村(1963)의 분류, 겸양어와 미화어의 別類로 「丁重語」를 추가

시켜서 경어를 五分法으로 나눈 宮地(1971)의 분류 등을 들 수 있다.19)

본서에서는 경어를 二類 五種(尊敬語·謙讓語·鄭重語·美化語·對話語)으로 나누고, 존경어·겸양어를 소재 경어로, 정중어·미화어·대화어는 대자 경어에 소속시켜 분류한다.20)

소재 경어란 화제에 관한 경어로, 표현 주체인 화자가 화제 속에 등장하는 동작주(シテ)에게 경의를 나타내는 것을 존경어(「爲手 尊敬」)라 한다. 그리고 화자가 화제 속의 대상주(ウケテ)에게 경의를 나타내는 것을 겸양어(「受手 尊敬」)라고 한다.21)

대자 경어란 청자에 대한 경어로, 우선 정중어는 동작 주체를 낮추어서 정중하게 청자를 대우하는 경어이며, 중고기의 「侍り」나 「給ふ」(下二段)가 여기에 속한다. 또한 미화어는 화자 자신의 언어를 품위 있게 나타내기 위한 경어를 말하며, 대화어는 일반적으로 「丁寧語」라고 불리어지는 경어로, 화제의 인물과는 관계없이 청자만을 대우한다. 중세를 대표하는 것으로는 「候ふ」를 들 수 있다.

경어의 종류를 이와 같이 다섯 가지로 나눈 것은 중세 이후에는 특히 청자를 대우하는 경어가 발달하게 되면서 종전의 삼분법으로는 이들 대자 경어를 정확하게 분류하고 각 경어의 용법상 특징을 밝힐 수 없기

---

19) 西田直敏(1987) 『敬語』 東京堂出版 pp.203-360 참조
20) 「鄭重語」·「美化語」를 時枝誠記(1941, 『国語学原論』岩波書店 pp.457-458)에 서는「詞의 敬語」에 포함시키고, 辻村敏樹(1963,「敬語의 分類について」『言語と文芸』5-2 有精堂出版)에서는 「소재 경어」에 포함시킨다. 그러나 이들 경어가 화제에 대한 표현이기는 하나, 본서에서는 표현 주체인 화자의 경의가 누구에게 있는가에 중점을 두어 그 경의 대상이 청자에 있는 이들 경어를 「대자 경어」에 넣어 분류한다.
21) 이하, 「爲手」를 동작 주체, 「受手」를 동작 객체로 한다.

때문이다. 따라서 소재 경어에서 대자 경어로 용법상의 변화와 그 대우적 특성을 규명하기 위해서는 이러한 二類 五種의 경어 분류가 가장 적절하다고 판단되기 때문이다. 각 경어별 용법상의 특징에 대해서는 관련된 章에서 다시 상세히 언급하기로 한다. 이상을 간단히 도식화하면 다음과 같다.

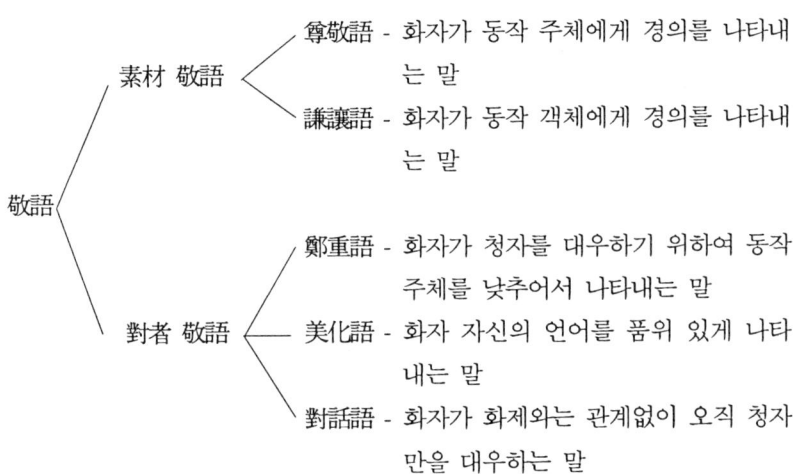

第二章
素材 敬語

　현대 경어가 청자와 장면을 중시하는 것에 비하여 고전 경어는 엄격한 봉건 제도 속에서 신분 질서에 있어서의 상하 관계가 결정적인 요인으로 작용하는 구조를 가지고 있다. 즉, 고전 경어는 사회적 신분이나 지위에 따라 화제의 인물(소재)에 대한 화자의 경어가 항상 고정적 상태인 절대 경어적 성격이 강하다. 고전어에서는 이러한 절대 경어가 신분 사회에 있어 상하 관계의 질서를 나타내는 말로서 그 기능을 수행하고 있었다.

　『とはずがたり』에는 궁중 생활을 내용으로 하는 궁정편(1권~3권)에서 이러한 상하 신분관계의 규정에 의해 쓰여진 존경어와 겸양어의 사용이 빈번하다. 宮地(1971)에서는 「尊敬語」란 「話題のひとの行為・所有などについて、話し手がそのひとへの配慮をあらわす敬語」이며, 「謙讓語」란 「話題の下位者に対する行為の表現をとおして、

話し手がその上位者への配慮をあらわす敬語」[22]라고 한다. 우선『と
はずがたり』에서 그 구체적인 예를 찾아보면 다음과 같은 것이 있다.

今日の御薬には、大納言陪膳に参らる。外様の式果てて、また内
へ召し入られて、台盤所の女房たちなど召されて、如法をれこだれた
る九献の式あるに、大納言、三々九とて、外様にても九返の献盃に
てありけるに、「又内々の御事にも、その数にてこそ」と申されけれど
も、「此度は九三にてあるべし」と仰せありて、如法上下酔ひ過ぎさせ
おはしましたる後、御所の御土器を大納言に給はすとて、「この春よ
りは、たのむの雁も我方によ」とて給ふ。　　　　　　（巻一、p.3）
（口語訳:　今日の御屠蘇の儀には父大納言が御給仕に奉仕される。
簾の外での儀式が終ってから、また大納言を簾の内へお召し入れに
なって、台盤所の女房たちなども召されて、ひどく念の入った酒盛り
のなさりようである。先の簾の外の式でも三々九度をといって九度の
献杯だったので、父大納言は内輪の御祝酒にも、「その数でいたしま
しょう」と申されたけれども、院は、「このたびは九杯ずつの三度にし
よう」とおっしゃられて、御上も臣下もひどく度を過して酔われた後、
院のお杯を大納言に賜わる際に、「この春からは『たのむの雁』もこち
らへよな」といって、下された。）[23]

위 예문은『とはずがたり』의 머릿 부분으로 정월의「屠蘇の儀式」[24]

---

22) 宮地裕(1971)『文論ー現代語の文法と表現の研究(一)ー』明治書院 pp.28
　　4- 288
23) 次田香澄(1987) 前掲書(上) p.24
24) 정월에 천황이 그 해의 액운을 쫓기 위해서 여러 약제를 넣어 만든 도소주
　　를 마시는 의식

이 끝난 후, 천황인 後深草院이 술시중을 들고 있는 작자의 아버지인 久我(고가) 大納言에게 딸을 자신의 후궁으로 삼고 싶다고 부탁하는 장면이다. 여기에 사용된 (a)의 「召し入る」·「召す」·「給はす」·「給ふ」는 모두 이 행위의 동작 주체인 後深草院에게 표현 주체인 작자가 경의를 나타내기 위해서 사용한 것이다. 그리고 본문 (b)의 「参る」·「申す」는 이 행위의 동작 주체는 久我 大納言이며, 이 동작을 받거나 관계하는 대상(客體)은 後深草院이다. 이 경우 「参る」·「申す」는 동작 주체를 대우하는 말이 아니라, 동작의 객체인 後深草院에게 경의를 나타내기 위해서 사용된 말이다.

이와 같이 표현 주체인 화자로부터 경의의 방향이 (a)와 같이 동작 주체에게 있는 경어를 존경어라 하고, (b)와 같이 그 방향이 동작의 객체에게 있는 것을 겸양어로 본서에서는 규정한다. 존경어·겸양어는 각각 그 성질이나 대우하는 방법은 서로 다르지만, 표현 주체인 화자가 소재인 「화제 속의 인물」에게 경의를 나타낸다는 공통성을 가지고 있다.[25]

그리고 예문의 「····」는 (a)·(b)와 마찬가지로, 경어 형식인 접사(御一)나 조동사(一(ら)る), 이중경어(一(さ)せおはします), 존경어 형식(仰せあり) 으로 동작 주체를 대우하기 위해서 표현한 것으로, 「参らる」·「申さる」의 「る」는 久我 大納言에 대해서, 그리고 나머지는 後深草院에게 화자의 직접적인 경의를 나타내기 위해서 쓰인 것이다. 이와 같이 『とはずがたり』에는 봉건 사회에 있어서의 상하 신분관계의 분별에 따라 존경어와 겸양어 및 경어 형식이 다양하게 쓰이고 있다.

---

25) 時枝(1941, 前揭書 pp.457一458)에서는 山田孝雄(1924, 『敬語法の研究』 宝文館)의 경칭·겸칭을 비판하고, 「존경」과 「겸양」은 표리의 개념으로 양자를 구별하는 것은 의미가 없다고 지적하고 있다.

그러나, 이들 경어가 상대 이후의 용법을 중세 가마쿠라 시대까지 그
대로 계승하는 것도 있지만, 중세에는 중고기에 볼 수 없던 또 다른 특정
의 경어 형식이나 용법이 생겨나기도 한다. 本章에서는 소재 경어인 이
들 경어가 실질적으로 어떠한 형태로 사용되고 있으며 또한 그 용법 변
화에 대해 구체적인 용례를 통해서 살펴보고, 존경·겸양 표현을 각각
교체 형식26)과 부가 형식27)으로 나누어서 고찰한다.

또한 경어의 높임 정도를 조사하기 위해서 경어 사용 대상의 상하 신
분 관계를 和田英松(1953)의 『官職要解』를 참조하여 등장 인물을 다
음과 같이 정리했다.

> 第Ⅰ群 皇族 (Ⅰ-1 天皇·上(法)皇·院, Ⅰ-2 女院, Ⅰ-3 東宮·(内)
> 　　　　親王, Ⅰ-4 有明の月, Ⅰ-5 将軍·準后·法親王)
> 第Ⅱ群 関白·大臣
> 第Ⅲ群 公卿 (Ⅲ-1 大納言·中納言·公卿, Ⅲ-2 雪の曙)
> 第Ⅳ群 殿上人
> 第Ⅴ群 女房
> 第Ⅵ群 그 외(Ⅵ-1 神仏, Ⅵ-2 第Ⅰ群～第Ⅴ群 이외 신분, 수행 길에
> 　　　　서 만난 사람들 등)

---

26) 교체 형식이란 특정한 동사가 그 자체로 경의를 가지는 것으로 일반 동사
　　와 교체할 수 있는 형식을 말하며,「존경어」·「겸양어」가 여기에 속한다.
27) 부가 형식이란 접사나 조동사, 보조동사 등을 부가해서 경의를 나타내는
　　형식으로, 존경어 형식으로는 接辞(御ー·ー殿), 助動詞(ー(ら)る), 이중
　　경어(ー(さ)せ給ふ·ー(さ)せおはします), 보조동사(ーまします·ー給
　　ふ), 그리고「御ーあり」·「御ーなる」를 비롯한 경어 형식이 여기에 포함
　　된다. 겸양어 형식으로는 接辞(小ー·拝ー), 보조동사(ー聞ゆ·ー申
　　す·ー奉る·ー参らす) 등이 있다.

우선, 第一節에서는 존경 표현에 쓰이는 존경어와 존경을 나타내는 부가 형식에 관하여 살펴보고, 第二節에서는 겸양 표현에 쓰이는 겸양어와 그 부가 형식에 관해 살펴본다.

第一節　尊敬　表現

1. 尊敬語

교체 형식으로 사용된 존경어 동사는 그 의미에 따라서 유형별로 다음과 같이 1)언어 행동 관계 2) 정신 활동 관계 3) 존재·왕래 관계 4) 수수 관계 5) 일상 생활 관계 6) 기타 등으로 구분해서 각 존경어의 대우성에 대해 고찰한다.[28]

1) 언어 행동 관계

「言ウ」의 존경어로는 「仰す」와 「仰せらる」가 있다. 그러나 중세에 많이 보이는 단독형인 「仰す」는 두 번 밖에 쓰이지 않았으며, 중고기와 마찬가지로 「仰す」에 조동사 「る」가 붙은 「仰せらる」가 주로 사용되고 있다.

---

28) 각 경어 동사의 의미에 따른 유형별 분류는 辻村敏樹編(1971, 『講座 国語史5 敬語史』 大修館書店 pp.142-143)을 참고했다.

<1> 経任、北面の下﨟信友に仰せて持たせられたるを、内野にて
参らせむとするに、二ながら露ばかりもなし。　（巻一、p.16）

<2> 重ねてかなうまじきよし仰せられ、又直にもさまざま仰せら
るる事もありしかば、　　　　　　　　　（巻一、p.20）

예문 <1> 「仰す」의 경의 대상은 황족이 아닌 藤原経任(후지와라쓰
네토) 中納言을 대우하는 것으로 <2>의 「仰せらる」보다 높임의 정도
가 낮다. <2>의 「仰せらる」는 後深草院을 대상으로 하고 있어서 높임
정도가 최상급이라 할 수 있다. 그러나 「仰せらる」는 본 작품에서 황족
이외의 대상에게도 사용되고 있어서 중고기에 비해 높임의 정도가 저하
되었음을 알 수 있다.29) 그리고 헤이안 시대 일기문학 등에 많이 사용된
「宣はす」와 「宣ふ」는 『とはずがたり』에서 「宣はす」는 보이지 않고,30)
「宣ふ」가 다음과 같이 1회만 사용되고 있다.

<3> 近く参りて、事のやう奏すれば、御顔うち赤めて、いと物も
の給はず、文も見るとしもなくて、うち置き給ぬ。

（巻一、p.57）

또한 『とはずがたり』에는 「言ウ」의 존경어 형식으로 「御ー名詞ー

---

29) 關白인 近衛(고노에) 大殿에 사용한 예가 있다. (私ガ)動かでゐたるを、
(近衛大殿)「御寝にてある折だに」など、さまざま仰せらるるに、(巻二、
p.112)
30) 桜井光昭(1971,「近代の敬語Ⅰ」『講座 国語史 5 敬語史』大修館書店 p.209)
에서는 『今昔物語集』이후에는 「宣はす」가 거의 사용되지 않는다고 지적하
고 있다.

あり」(御尋ねあり)나 「경어성 명사ーあり」(仰せあり) 등이 있으며, 그 높임의 정도는 매우 높아서 後深草院을 중심으로 하는 황족에게만 제한적으로 사용되고 있다. 이러한 「御ーあり」형식에 관해서는 부가 형식 부분에서 다시 상세히 언급하도록 한다.

한편 「聞ク」의 존경어로 「聞ク」에 존경의 조동사 「す」가 접속된 「聞こす」는 보이지 않고, 본동사로 「聞こし召す」가 한 차례 사용되고 있으며 「飲食スル」의 존경어로 쓰이고 있다. 『とはずがたり』에는 「聞く」에 이중경어인 「ー(さ)せおはします」(3회), 보조동사인 「ー給ふ(四段)」(2회)와, 조동사인 「ー(ら)る」(1회)가 접속된 형식이 다음과 같이 보인다.

<4>　事のやうを御尋ねあるに、東の御方、有りのままに申さる。
　　　(後深草院ガ)聞かせおはしまして、　　　　　　　　(巻二、p.96)

<5>　(私ガ) ここにありとも、(有明ノ月ガ)いかでか聞き給ふべきに、
　　　承任がここもとにて、　　　　　　　　　　　(巻三、p.130)

<6>　御養ひ母と聞こえし尼御前、やがて聞かれたりけるとて、参
　　　りたれば、　　　　　　　　　　　　　　(巻一、p.64)

<4>～<6> 예문의 「聞く」의 동작 주체는 각각 後深草院(<4>)・「有明の月」(아리아케노쓰키<5>)・尼御前(아마고젠<6>)이다. 높임의 정도는 後深草院>「有明の月」>尼御前이다.[31] 이것은 「聞く」동사 뒤에 접속되는 존경을 나타내는 부가 형식인 「ー(さ)せおはします」・

31) A>B일 때 A쪽이 B보다 높임의 정도가 높다.

「ー給ふ」(四段)・「ー(ら)る」에 따라서 높임의 정도가 각각 달라진다.

　2) 정신 활동 관계

　「思ウ」의 존경어로는 「思す」(「思さる」)와 「思し召す」(「思し召さる」)가 있다. 헤이안 시대에 많이 사용되었던 「思す」가 4회, 「思さる」가 1회 쓰이고 있으나, 『とはずがたり』에서는 「思し召す」가 32회, 「思し召さる」가 11회 사용되고 있다.

　　　<7> いかがおぼしけん、中門のほどに立ちやすらひつつ、とばかり物
　　　　　も仰せられで、御涙のこぼれしを桧扇にまぎらはしつつ、
　　　　　　　　　　　　　　　　　　　　　　　　　　　　(巻二、p.100)

　　　<8> 我宿所にても、いかが聞こえなすらむと思ふも、胸騒がしけれ
　　　　　ども、主はさしもおぼされぬぞ、言の葉なき心地する。
　　　　　　　　　　　　　　　　　　　　　　　　　　　　(巻三、p.140)

　<7>의 「思す」와 <8>의 「思さる」의 동작 주체는 황족이기는 하나 신분 지위가 최상급이라고 할 수 없는 「有明の月」이다. 높임 정도에 있어서는 <9>・<10>과 같이 後深草院을 중심으로 하는 황실의 최상급 신분을 대우하는데 쓰이는 「思し召す」(「思し召さる」)보다 낮다.

　　　<9> 余りに言ふかひなげにおぼしめして、うち笑はせ給さへ、心憂
　　　　　く悲し。　　　　　　　　　　　　　　　　　　　　(巻一、p.7)

<10>　ただにもなきなど<u>おぼしめされ</u>て後は、ことにあはれどもかけ

　　　　させおはしますさま、　　　　　　　　　　　（巻一、p.22）

　また「思し召す」は 다른 동사 앞에 접속되어서 복합 경어형식으로도 사용되며, 이때「思し召す」는「思ウ」의 존경이라는 원래의 의미는 없어지고 뒤에 오는 동사에 경의를 부여한다. 이러한 복합형식으로는「思し召しあまる」·「思し召しいそぐ」·「思し召しいづ」·「思し召しなす」가 있다.

<11>　直衣にて、前駆、侍ことごとしく引き繕ひたるも、見る折と

　　　　<u>おぼしめし急ぎ</u>けるにやとおぼゆ。　　　　　　（巻一、p.25）

　다음,「見ル」의 존경어로는「御覧ず」(13회)·「御覧ぜらる」(9회)를 대표적으로 들 수 있고, 높임 정도의 순서는「御覧ぜらる」＞「御覧ず」로「御覧ぜらる」는 높임의 정도가 매우 높다.

<12>　御使は一二日に隔てずうけ給はるにも、<u>見給は</u>ましかばとの

　　　　み悲しきに、　　　　　　　　　　　　　　　　（巻一、p.29）

<13>　(後深草院ガ斎宮ニ)「今宵はいたう更け侍ぬ。のどかに明日

　　　　は、嵐の山の禿なる木ずゑどもも<u>御覧じ</u>て、御帰あれ」など

　　　　申させ給て、　　　　　　　　　　　　　　　（巻一、p.57）

<14>　何とも思ひ分かぬほどに、女院<u>御覧ぜられ</u>て後、

　　　　　　　　　　　　　　　　　　　　　　　　　（巻三、p.136）

<12>「見給ふ」의 경의 대상은 동작 주체인 작자의 아버지인 久我大納言이며, 그 높임 정도는 그다지 높지 않다고 할 수 있다. 그러나 <13>「御覧ず」의 경우는 화자인 後深草院이「見る」동작의 주체인 斎宮(사이구)에게 경의를 나타내기 위해 사용한 것이며, <14>「御覧ぜらる」도 동작의 주체는 大宮院(오미야인)으로 양쪽 모두가 신분이 높은 사람의 동작에 쓰이고 있다. 한편『とはずがたり』에는「見ル」의 존경어인「見そなはす」가 地文에서 한 차례 나오고 있으며, <15>와 같이 신불을 대우하는데 사용되고 있다.

> <15>　かくて年を経るほどに、さても、二見の浦は、御神も二度見
> そなはしてこそ二見とも申なれば、　　　　　（巻四、p.212）

「知ル」의 존경어로는「知ろし召す」를 들 수 있으나, 본 자료에서는 그 예를 찾아볼 수 없다.「知る」에 존경을 나타내는 부가 형식을 접속시킨「知らせおはします」(3회),「知らせ給ふ」(1회),「知り給ふ」(3회)와 같은 형식이 다음과 같이 쓰이고 있다.

> <16>　十三日の夜よりは、物など仰せらるる事もいたくなかりしか
> ば、かやうの無常も知らせおはしますまでもなし。
> 　　　　　　　　　　　　　　　　　　　　　　（巻一、p.17）

> <17>　(後深草院ガ私ニ)「我知らせたまはぬ御事、又この後も、いか
> なる事有とも、人におぼしめし落とさじ」など、
> 　　　　　　　　　　　　　　　　　　　　　　（巻二、p.106）

<18> 秋の初めになりては、いつとなかりし心地もおこたりぬるに、
(後深草院ガ二条ニ) 「標結ふほどにもなりぬらんな。かくとは
(有明ノ月ハ)<u>知り給ひ</u>たりや」と仰らるれども、

(巻三、p.123)

<16>의 「知らせおはします」와 <17>의 「知らせ給ふ」의 경의 대
상은 後深草院으로, 「有明の月」를 경의 대상으로 하고 있는 <18>의
「知り給ふ」보다 높임 정도가 높다.

3) 존재·왕래 관계

「アル」·「イル」의 존경어로 「おはします」·「まします」·「おはす」
가 쓰이고 있으며, 헤이안 시대 和文에 많이 사용된 「おはす」[32]가 본
자료에서 다용되고 있다. 예문 <19>와 같이 그 동작 주체가 되는 대상
이 일반 사람에게 사용되고 있어서 「おはします」보다 그 높임의 정도가
낮다고 할 수 있다.

<19> (入道ガ弟トイウ人ニ) 「とは何事ぞ。心得ぬ下人沙汰かな。い
かなる人ぞ。物参りなどする事は、常の事なり。都に、いか
なる人にて<u>おはす</u>らん。(中略)」など言ふと聞くほどに、

(巻五、p.221)

---

32) 辻村敏樹(1968,『敬語の史的研究』東京堂出版 p.123)에서는 「おはす」는
奈良(나라 : 710-793년)시대의 「おほ(大)ーいます」에서 발생된 「おほます」가
다시 음운 변화를 거쳐 형성된 것이라고 밝히고 있다.

<20> (後深草院)「今宵待つ心地して、むなしき床に臥し明かしつ
る」とて、いまだ夜の御座に<u>おはします</u>なりけり。

(巻三、p.128)

<21> (人々ガ入道ニ)「これに<u>おはします</u>なり」と言へば、

(巻五、p.220)

「おはす」와 함께 중고기부터 사용된 「おはします」는 <20>과 같이 「おはします」의 대우 대상을 주로 황족을 중심으로 하고 있어 그 높임 정도가 매우 높다고 할 수 있다. 그러나 이러한 「おはします」가 『とはずがたり』에는 <21>과 같은 대상(동작 주체는 入道)에게 사용되고 있어서 높임의 정도가 저하되었음을 알 수 있다. 또한 존재 관계를 나타내는 존경어로 「まします」를 들 수 있는데, 이 존경어는 「ます」(동사)에 「ます」(보조동사)가 중복된 형으로 주로 중고기 이후 사용된 경어이다.33) 본 작품에서 본동사 용법으로는 2회 사용되고 있으며, <22>와 <23>과 같이 後深草院을 경의 대상으로 하고 있어 높임의 정도는 「おはします」보다 높다.

<22> (私ガ後深草院ニ)「(前略) わづかにいとけなく侍し心は、かた
じけなう御まなじりをめぐらして、憐愍の心ざし深く<u>ましま
し</u>。(下略)」

(巻四、p.209)

---

33) 杉崎一雄(1972)「古典敬語の語彙の分析」『国文学 解釈と教材の研究』
17−4 学灯社 p.131

<23> (大宮院ガ後深草院ニ)「天子には父母なしとは申せども、十善
　　　の床を踏み給しも、卑しき身の恩にましまさずや」など御述懐
　　　ありて、
　　　　　　　　　　　　　　　　　　　　　　　　　　（巻一、p.60)

　또한「アル」・「イル」의 존경어로서「います」가 있다. 이 존경어는
나라 시대에 많이 사용되다가, 헤이안 시대에는 여류 가나문학에서「お
はす」와「おはします」에게 그 자리를 물려주면서「訓点語」로 고풍스
러운 형식적 어휘로 남게 되는데, 그 용례는 많지 않다.[34] 『とはずがた
り』에는 작자가 꿈에서 죽은 아버지와의 대화에 한 차례 나오고 있다.

<24> あの御片端は、いませおはしましたる下に、御腫れ物あり。
　　　　　　　　　　　　　　　　　　　　　　　　（巻五、p.241)

　한편「おはす」와「おはします」가「行ク」・「来ル」의 존경어로도 사
용된다. 그러나「おはす」는 <25>・<26>과 같이 농작 주제의 신분은
주로 공경급 수준으로 높임의 정도는 높지 않다. 그리고「おはします」는
그 예가 많지 않고(2회), 왕래 관계를 나타낼 때에는「御ーあり」・「御ー
なる」등, 중세 경어의 특징이라고 할 수 있는 존경어 형식으로 표현된다.

<25> 兵部卿もおはしなどしたるも、あらましかばと思ふ涙は、人に
　　　寄りかかりて、ちとまどろみたるに、　　　　（巻一、p.44)

<26> 　三条の坊門の大納言、万里小路、善勝寺の大納言など、聴

────────────────

34) 杉崎一雄(1972) 上掲書 p.130

聞にとておはして、面々に弔ひつつ、帰る名残も悲しきに、

(巻一、p.32)

4) 수수 관계

「与エル」의 존경어로는 「賜(給)はす」・「たぶ」・「賜(給)ふ」(四段)가 쓰이고 있다. 「賜(給)はす」가 後深草院의 동작에 7회, 大宮院의 동작 행위에 한 차례 사용되고 있어서 높임의 정도가 가장 높다.

<27> 如法上下酔ひ過ぎさせおはしましたる後、御所の御土器を大
納言に給はすとて、 (巻一、p.3)

「たぶ」는 본문에 16회 나오고 있으나 황실 관계의 사람에게 쓰인 것은 6회 뿐이고, 나머지는 <28>과 같이 그 이하의 신분 대상에게 사용되고 있어서 높임의 정도는 그다지 높지 않다.

<28> 生絹の小袖、袴など、色々に雪の曙の賜びたるぞ、いつより
もうれしかりし。 (巻二、p.109)

「賜(給)ふ」는 <29>와 같이 본동사로서 사용된 예는 적으며, 거의 대부분이 보조동사로서 사용된다.

<29> 五七日にもなりぬれば、水晶の数珠二、女郎花の打枝に付け
て、「諷誦に」とて給ふ。 (巻一、p.30)

5) 일상 생활 관계

「寝ル」의 존경어로서는 「御殿ごもる」·「御よる」 등이 있다. 「御殿ごもる」는 「大殿=寝殿」에 「籠る」라는 의미로 헤이안 시대에는 和文에 많이 사용된 경어였다.[35] 『とはずがたり』에는 6회 나오고 있으며, 예문 <30>과 같이 「御殿ごもる」의 동작 주체가 後深草院을 중심으로 하는 황족에게만 한정적으로 사용되고 있어 그 높임 정도가 높다.

<30> (後深草院ガ)御殿籠りてあるに、御腰打ちまゐらせて候に、

(巻二、p.112)

「御よる」는 「およ(御夜)」를 활용시킨 것으로 가마쿠라 시대부터 사용된 경어이다.[36]

「御よるなる」가 1회, 「御よるになる」가 7회 쓰이고 있으며, 8회 모두 「寝る」의 동작 주체는 최상위급 신분인 後深草院을 대우하고 있다.

<31> 今宵はなのめならで、更けぬれば、又御寝なる所へ参りて、

(巻二、p.114)

<32> 御物語などあるに、いと御いらへがちなるも、御心に合はず
やと思ひやられてをかしきに、御寝になりぬ。　(巻二、p.82)

---

35)　西田直敏(1981)「どうすれば古典の敬語が理解できるか」『国文学　解釈と教材の研究』26-2　学灯社　p.114
36)　西田直敏(1981)　上掲書　p.114

또한 「御よるにてあり」가 「寝ル」의 존경어 형식으로 대화문에서 後深草院을 대우하는 존경 표현으로 한 차례 쓰이고 있다.

> <33> 動かでゐたるを、(近衛大殿ガ私ニ)「(後深草院ガ)御寝にてあ
> る折だに」など、さまざま仰せらるるに、　　　　(巻二、p.112)

그리고 일상 생활에 관계된 것으로는 「参る」가 있는데, 거의 대부분이 다음과 같이 「飲食スル」의 존경어로 쓰이고 있다.

> <34>　今宵はのどかに御物語などありて、供御も女院の御方にて参
> りて、　　　　　　　　　　　　　　　　　(巻一、p.55)

이밖에 「召さる」와 「聞し召す」가 「飲食スル」의 존경어로 각각 한 차례 사용되고 있는데, <34>의 「参る」처럼 이 경어의 동작 주체는 모두 後深草院(<35>)・大宮院(<36>)으로 모두 황실 최상급의 신분에게만 사용되고 있다.

> <35>　披露なき事なれば、人あまたも参らず。供御は臨時の供御を
> 召さる。　　　　　　　　　　　　　　　　(巻二、p.109)

> <36> (大宮院)「(前略) おなじくは今様を一返うけたまはりて、今一
> 度きこしめすべし」と申されて、　　　　　　(巻三、p.133)

「乗ル」의 존경어로는 『とはずがたり』에도 <37>・<38>과 같이

「召す」가 사용되고 있는데, 가마쿠라 시대에는 「奉る」・「参る」보다 「召す」가 「乗る」의 존경어로 그 대표성을 갖는다.[37]

> <37>　又、ここにはいまだ御輿にだに召さぬ先に、
>
> (巻四、p.178)

> <38>　涙の落つるをうち払ひて差し出でたるに、暮れかかるほどに、
> 釣殿より御船に召さる。　　　　　　　　(巻三、p.166)

또한 「召す(召さる)」는 「着ル」의 존경어로도 쓰이고 있으며(5회), 경의의 대상도 <39>와 같이 後深草院을 중심으로 한 최상급 신분에 사용되고 있다.

> <39>　立ち給とて、御肌に召されたる御小袖を三、脱がせおはしまして、
> 　　　　　　　　　　　　　　　　(巻四、p.195)

6) 기타

연회・수렵・악기・시가 등의 놀이를 하다(「遊ブ」・「スル」)라는 의미의 존경어로 「遊ばす(遊ばさる)」가 있다.

> <40>　前将軍の、「北野の雪の朝ぼらけ」などあそばされたりし御跡にと、いと口惜しかりし。
> 　　　　　　　　　　　　　　　(巻四、p.180)

---

37) 西田直敏(1981) 上掲書 p.118

<41> 猶名残惜しとて、弥妬みまであそばして、又この御所、御負
      け。   (巻二、p.92)

<40>・<41>의 「あそばす」는 각각 「(歌)お詠みになる」와 「なさ
る」의 의미로 쓰이고 있으며, 「あそばす」의 동작 주체는 「将軍」(<例
40>)과 後深草院(<例41>)으로 경의의 대상이 매우 높은 신분이라고
할 수 있다.38)

  이밖에 「呼ブ」의 존경어로 「召す(召さる)」가 본 자료에 많이 쓰이고
있으며, 특히 「召さる」의 동작 주체는 다음과 같이 황족을 그 대상으로
하고 있어 그 높임 정도가 높다고 할 수 있다.

<42> いと弱げなる御気色なれば、御験者近く召されて、御木丁ばか
      り隔てたり。   (巻一、p.14)

  이상과 같이, 존경 표현에 있어서 교체 형식인 존경어를 중심으로『と
はずがたり』에서의 사용 실태에 관해서 고찰했다. 그 결과 주요 존경어
의 용례수와 경의 대상에 대한 도수 분포를 정리하면 <표1>과 같다.39)

---

38) 「あそばす」의 경의 대상은 <40>의 예문만 제외하고, 7회 모두가 後深草
   院을 그 대상으로 하고 있다.
39) 단, 보조동사로 사용된 「ーおはす」・「ーおはします」의 용례수는 <표1>
   에 포함시킨다.

<表1> 존경어의 도수 분포

意味	尊敬語	院・天皇 地	院・天皇 対	女院 地	女院 対	東宮(内)親王 地	東宮(内)親王 対	有明の月 地	有明の月 対	将軍準后・法親王 地	将軍準后・法親王 対	関白・太政大臣 地	関白・太政大臣 対	公卿 地	公卿 対	雪の曙 地	雪の曙 対	神仏・その他 地	神仏・その他 対	計
言ウ	仰せらる	37	4		1			14	3			6	2	2			1	1		71
	仰す		1											1						2
	宣ふ			1																1
思ウ	思し召さる	4	2	2	1				1										1	11
	思し召す	16	7	1	1		1	1	1	4									1	32
	思さる							1												1
	思す	1	1					1	1											4
見ル	ご覧ぜらる	4	3	2																9
	ご覧ず	3	3		1		1		1						1				3	13
	見そなはす																	1		1
行ク・来ル	おはします	1							1											2
	おはす							2						3	4			2	2	13
アル・イル	います		1																	1
	おはします	4	2	5			1	1	1	6							1	5	4	30
	まします		2																	2
	おはす									3		1		1				2	1	8
寝ル	御殿ごもる	4				2														6
	御よるなる		1																	1
	御よるにてあり		1																	1
	御よるになる	7																		7
与エル	賜(給)はす	7			1															8
	賜(給)ふ	3	2					1											1	7
	たぶ	3	1	1						1				1		3		4	2	16
スル	遊ばさる	3								1										4
	遊ばす	3	1																	4
呼ブ	召さる	12	1	3					1		1									18
	召す	8	5	1					1					2						17
飲食スル	召さる	1																		1
	参る	14	1	1	1		1													18
	聞し召す				1															1
乗ル	召さる	4	1		1															6
	召す	1							2											3
着ル	召さる	1			1															2
	召す	2							1											3

2. 附加形式

1) 「一(さ)せおはします」・「一(さ)せ給ふ」・「一まします」
    ・「一給ふ(四段)」

『とはずがたり』에서는 동작 주체에게 경의를 나타내는 것으로 다음과 같이 이중경어인 (1)「一(さ)せおはします」, (2)「一(さ)せ給ふ」, 보조동사 형식인 (3)「一まします」, (4)「一給ふ」(四段), 그리고 조동사로 (5)「一(ら)る」가 존경을 나타내는 부가 형식으로 사용되고 있다. 또한「一(さ)す」는 단독으로 쓰이지 않고,「一(さ)せ給ふ」와 같이「(さ)す」가「一給ふ」(四段)의 앞에 붙거나,「たまはす」처럼「(さ)す」가「たまふー」에 접속되는 형태로 경의를 나타낸다. 먼저「一(さ)せおはします」부터 그 대우성에 관해 고찰해 보기로 한다.

(1) 一(さ)せおはします

<43> 大納言、御車寄せ、何かひしめきて、供御参りにける折に、
「言ふかひなく寝入にけり。起こせ」など言ひ騒ぎけるを、(後
深草院ハ)聞かせおはしまして、「よし、ただ寝させよ」と言ふ
御気色なりける程に、起こす人もなかりけり。
(巻一、p.6)

<44> ことさら式の供御参り、三献果てなどして後、東宮入らせお
はしまして、御鞠あり。半ば過るほどに、二棟の東の妻戸へ

(亀山院ガ)入らせおはします所へ、　　　　　　　（巻二、p.75）

<45> 御出でのありさまも見まゐらせたくて、その御あたり近き所
に、押手の聖天と申霊仏おはしますへ参りて、聞きまゐら
すれば、(将軍)「御立ち、丑の時と時を取られたる」とて、
すでにて立たせおはします折節、　　　　　　（巻四、p.178）

<46> 安芸のさととの社は、午頭天王と申せば、祇園の御事思ひ出
られさせおはしまして、なつかしくて、これには一夜とどまり
て、のどかに手向けをもし侍き。　　　　　　（巻五、p.217）

　「ー(さ)せおはします」는 <43>・<44>에서 보는 바와 같이, 『とは
ずがたり』에서 황실 관계자 중에서도 최상급의 신분인 上皇이나 천황
을 대우하는 최상의 높임 정도를 가지는 존경을 나타내는 부가 형식으로
사용되고 있다.[40] 즉, <43>에서는 동작 주체인 後深草院을, <44>에
서는 東宮과 龜山院(가메야마인)의 동작을 「ー(さ)せおはします」로 각
각 대우하고 있다. 『とはずがたり』에서 「ー(さ)せおはします」의 사용
대상 하한점은 <45>와 같이 가마쿠라의 장군(지문: 2회, 대화문: 1회)
까지이며, 높임 정도는 「ー(さ)せ給ふ」보다 높다고 할 수 있다. 또한 「ー
(さ)せおはします」는 <46>과 같이 신불(祇園社)에 한 차례 사용되고

---

40) 末吉温子(1993, 前掲書 p.113)에서는 「ー(さ)せおはします」는 헤이안 후
기에 발생해서 『今昔物語』부터 그 용례가 보이기 시작하며 「ー(さ)せ給
ふ」와 함께 극히 높임 정도가 높은 형식으로 사용되었다고 한다. 그러나
『平家物語』에 와서는 「ー(さ)せ給ふ」의 높임 정도가 저하하기 시작하여
『徒然草』에는 그 용례가 보이지 않고, 『謡曲』에는 「ー(さ)せおはします」
도 높임의 정도가 떨어져, 근세 이후의 자료에는 그 용례를 찾아 볼 수
없게 된다고 지적하고 있다.

있다.

그리고 「ー(さ)せおはします」는 주로 천황을 대우 대상으로 하는 높임 정도가 높은 존경어 형식이나, 본 작품에서는 특이하게 <47>·<48>과 같이 작자의 강한 감정을 나타내는데 표현되는 경우도 있다.[41]

> <47> 今はかなふまじき御事になりて、(東二条院 ガ)御所を出で
> させおはしますよしうけ給しかば、無常は常の習ひなれど
> も、住み馴れさせおはしましつる御住みかをさへ、出でさ
> せおはしますこそ、いかなる御事なるらんと、
>
> （巻五、p.223)

> <48> 遊義門院御幸、まづ急がるるとて、御車寄すると見まゐら
> すれば、又、「まづしばし」とて、引き退けて帰り入らせおは
> しますかとおぼゆる事、二三度になれば、今はの御姿、ま
> たはいつかと、御名残惜しくおぼしめさるる程も、あはれに
> 悲しく覚させおはしまして、　　　　　　　　　（巻五、p.223)

<47>은 병환이 깊은 後深草院의 황후인 東二條院(히가시니조인)이 왕궁을 퇴출하는 부분이며, <48>은 모후인 東二條院의 죽음에 임하여 공주인 遊義門院(유기몬인)이 서둘러 행차하는 장면이다. 죽음을 앞둔 東二條院과 슬퍼하는 遊義門院의 동작 행위에 「ー(さ)せおはします」로 대우하고 있다. 표현 주체인 작자의 감정(슬픔·동정 등)이 강하게 표출되는 이와 같은 부분에 「ー(さ)せおはします」를 사용하는 경

---

41) 若林俊英(1980a, 前掲書 p.12)에서는 작자가 등장 인물에 대한 놀라움·슬픔·기쁨·동정 등을 나타내는데 「ー(さ)せおはします」를 표현하는 경향이 있다고 한다.

향이 있다.

「ー(さ)せおはします」는 이밖에 「わたる」와 「入る」에 붙여서 나타
나는 「わたらせおはします」(7회), 「はいらせおはします」(24회)가
<49>・<50>과 같이 존재나 왕래를 나타내는 경어 표현에 사용되고
있다.

> <49> 七月の初めの頃より、過ぎにし御所の御三めぐりにならせお
>   はしますとて、(遊義門院ハ)伏見の御所に<u>渡らせおはしませ
>   ば</u>、   (巻五、p.245)

> <50> 御所へ申たれば、(後深草院カ)<u>入らせおはしましたるに</u>、いと
>   弱げなる御気色なれば、   (巻一、p.14)

<49>는 공주인 遊義門院, 그리고 <50>은 後深草院의 행위 동작
에 대한 대우표현이며, 황실 최상급의 인물에게 국한석으로 사용되는 최
고의 높임 정도를 가지는 경어이다.

(2) ー(さ)せ給ふ

『とはずがたり』에서의 「ー(さ)せ給ふ」는 그 사용 대상이 황실의 최
고 신분인 천황을 비롯하여 황후・동궁 등, 지배자를 중심으로 사용되고
있어서 「ー(さ)せおはします」와 같은 높임 정도가 높은 존경어 형식이
다. 그러나 <51>~<54>와 같이 황족 이외의 대상에게도 쓰이고 있어
높임 정도의 서하를 일 수 있다.

<51>　御あとにあるを、(近衛大殿ハ)手をさへ取りて、引き立て<u>さ</u>
　　　　<u>せ</u>たま<u>へ</u>ば、心の外に立たれぬるに、　　　　　　　(巻二、p.112)

<52>　(中間ガ雪ノ曙ニ)「昨夜、九条より大納言殿入ら<u>せ給</u>て候し
　　　　が、(下略)」と申けるに、　　　　　　　　　　　(巻二、p.101)

<53>　(乳母が二条ニ)「秋の夜長く侍り。弾某しなどして遊ばせ侍
　　　　らむ」と、御父申。入ら<u>せ給へ</u>」と、訴訟顔になりかへりて言
　　　　ふさまだに、いとむつかしきに、　　　　　　　　(巻一、p.36)

<54>　一昨年より、春日の御木枝、京に渡ら<u>せ給ふ</u>が、「このほど、御
　　　　帰座あるべし」とひしめくに、　　　　　　　　　(巻三、p.140)

「ー(さ)せおはします」가 황실 최상급의 인물을 경의 대상으로 하는
것에 비해, 「ー(さ)せ給ふ」는 <51>～<53>과 같이 그 이하의 신분을
대상으로 하는 경우에도 쓰이고 있다. 「ー(さ)せ給ふ」의 경의 대상이
<51>에서는 太政大臣級인 近衛(고노에) 大殿, <52>는 善勝寺(젠쇼지)
大納言, <53>은 작자인 二條로 최상급의 신분이 아니다. 이들 동작 주
체의 행위 동작을 「ー(さ)せ給ふ」로 대우하고 있다. 그리고 <52>・
<53>의 경우는 「入る」에 「ー(さ)せ給ふ」가 붙어서 나타내는 「入らせ
給ふ」형태로 대화문에 사용되는 특징을 가지고 있다. 이밖에 「ー(さ)せ
おはします」를 <54>와 같이 신불에 사용한 예(2회: 「春日の御木枝」,
「草薙剣」)가 있다.

(3) ―まします

『とはずがたり』에서는 「まします」가 모두 14회 나오고 있으나, 본 동사로 2회 쓰이고 있고 나머지 12예는 <55>～<58>과 같이 보조동사로 사용되며 그 높임 정도도 매우 높다.

> <55> 里に侍折は、君の御面影を恋ひ、かたはらに侍折は又、よそ
> に積もる夜な夜なを恨み、我身に疎くなりまします事も悲し
> む。　　　　　　　　　　　　　　　　　　　　　(巻一、p.51)

> <56> 「十善の床に並びましまして、朝政をも助けたてまつり、夜は
> ともに世を治めたまひし御身なれば、今はの御事も変はるま
> じき御事かとこそ思ひまゐらするに、などや」など、御おぼつ
> かなく覚させおはしましし程に、　　　　　　　(巻五、p.223)

> <57> 「(前略)(小朝熊ノ宮ノ御鏡ガ)身づから宝前より出でて、岩の
> 上にあらはれまします。(下略)」　　　　　　　(巻四、p.203)

> <58> 御善知識には経海僧正、又往生院の長老参りて、さまざま御
> 念仏もすすめ申され、「今生にても、十善の床を踏んで、百
> 官にいつかれましませば、黄泉路、未来も頼みあり。早く上
> 品上生の台に移りましまして、かへりて、娑婆の旧里にとど
> め給し衆生も導きましませ」など、さまざまかつは　こしらへ、
> かつは教化し申しかども、　　　　　　　　　　(巻一、p.18)

<55>에서는 後深草院의 동작에, <56>은 東二條院, <57>은 「小朝熊の宮」(고아사쿠마노미야)의 거울에 대해 「―まします」로 대우하고

있다. 그리고 「ーまします」는 황후인 東二條院 (<56>)과 <57>과 같이 신불을 대상으로 대우한 예(2회)를 제외한 나머지 9회는 모두 上皇이나 천황을 사용 대상으로 하고 있어 그 높임 정도는 매우 높다고 할 수 있다. <58> 「ーまします」경우는 後嵯峨院(고사가인)의 죽음 직전에 염불을 할 것을 고승들이 後嵯峨院에게 권하는 대화 장면으로, 대화문에서는 「ーまします」가 상대방에게 동의를 구하거나 납득시키는 상황에 주로 사용되고 있다.[42]

(4) 一給ふ(四段)

<59> (後深草院ガ私ヲ)起こし給はで、いはけなかりし昔よりおぼしめし初めて、十とて四つの月日を待ち暮らしつる、何くれ、すべて書きつづくべき言の葉もなき程に仰せらるれども、耳にも入らず、ただ泣くよりほかの事なくて、人の御袂まで乾く所なく泣き濡らしぬれば、慰めわび給つつ、さすが情けなくももてなし給はねども、　　　　　　　　　　(巻一、p.6)

<60> 新院の御歌は、内の大臣書き給。　　　　　　(巻三、p.163)

<61> (宮人ガ私ニ)「うちまかせては、その御姿ははばかり申せども、くだびれ給たる気色も、神も許し給らん」とて、

　　　　　　　　　　　　　　　　　　　　(巻四、p.199)

---

42) 若林俊英(1980a) 前掲書 p.21

　　<59>～<61>에서 보는 바와 같이「一給ふ」(四段)의 동작 주체는
天皇(<59>), 大臣(<60>), 작자인 二條와 신불(<61>)로 그 대우 대
상의 폭이 넓다. <59>의「一給ふ」(四段)는 접속된 각 본동사의 동작
주체를 대우하며, 특히 최상급의 신분 중에서도 작자와 가장 밀접한 관
계에 있는 後深草院에 대한 서술에서 가장 많이 나타난다. 또한「一給
ふ」(四段)는 <62>～<64>와 같이 역사상의 인물이나 신불에 대해서
많이 사용되는 특징이 있다.

　　<62>　さても、安芸の国、厳島の社は、高倉の先帝も御幸し給ける
　　　　　　跡の白波もゆかしくて、　　　　　　　　　　(巻五、p.213)

　　<63>　松山の法花堂は、如法行なふ景気見ゆれば、沈み給ともなど
　　　　　　かと、頼もしげなり。　　　　　　　　　　　(巻五、p.217)

　　<64>　神火なれば、凡夫の消つべき事ならざりけるにや、時のほど
　　　　　　に(熱田宮ノ社殿ハ)むなしき煙と立ち昇り給に、(中略)　開け
　　　　　　ずの御殿とて、神代の昔、(日本武尊)身づから造り籠り給け
　　　　　　る御殿の礎のそばに、　　　　　　　　　　　(巻四、p.197)

　　<62>・<63>의「一給ふ」(四段)는 역사상의 인물에 해당되는 高倉
(다카쿠라) 上皇(<62>), 崇徳(스토쿠) 上皇(<63>)의 동작 행위를 대
우하기 위해서 사용된 것이다.「一給ふ」(四段)가 수행편(4～5권)에서는
<64>와 같이 신불에 대한 존경 표현에 많이 쓰인다.

(5) 一(ら)る

존경어 형식인 조동사 「一(ら)る」는 헤이안 시대의 和文에서는 실제로 많이 사용되지 않았다. 『枕草子』의 지문에는 「一(ら)る」의 사용례가 없으며 대화문에만 4회 사용한 예가 있다. 그리고 『紫式部日記』에 나타나는 195회의 조동사 중에 지문에 단 한 차례만 쓰였고 일반적으로는 「一給ふ」(四段)가 사용되었다.[43]

그러나 『とはずがたり』에서는 <65>~<67>과 같이 「一(ら)る」가 주로 공경급인 신분을 대상으로 「一給ふ」(四段)와 더불어 많이 사용되고 있다.

<65> (雪ノ曙)「さても、残る山の端もなく尋ねかねて、三笠の神の
しるべにやと参りて、見しむば玉の夢の面影」など語らるる
ぞ、
(巻二、p.103)

<66> 大納言うち笑ひて、「いさ。(中略)」と言はるるに、(巻一、p.5)

<67> 二条左大臣、三条坊門大納言、善勝寺の大納言、西園寺の
新大納言、万里小路の大納言、一同に申さる。
(巻二、p.68)

<65>~<67>의 「一(ら)る」는 「一(ら)る」가 붙어서 나타나게 된 동사의 동작 주체를 대우하기 위해서 쓰인 것으로 각각 동작 주체인 「雪の曙」(유키노아케보노<65>)・久我大納言(<66>)・大納言一同

---

43) 青柳好信(1986) 前掲書 p.14

(<67>)에게 직접적인 경의를 나타내고 있다. 그러나「ー(ら)る」는 최상급의 신분인 황실 관계자에게는 일반 동사에「ー(ら)る」가 접속된 <65>(「語らる」)・<66>(「言はる」)와 같은 형식은 쓰이지 않고, <67>과 같이 겸양어「申す」에「ー(ら)る」가 중복된 형태로 사용하는 특징이 있다.

<68> 女院の御方、「故院の御事の後は、珍しき御遊びなどもなかりつるに、今宵なん、御心落ちて御遊びあれ」と(後深草院ニ)申さ<u>る</u>。　　　　　　　　　　　　　　　　(巻一、p.59)

<69> (後深草院)「あはれに御覧ぜ<u>られ</u>ぬる。何事も、心やすく思置け」など、返々仰せ<u>られ</u>つつ、還御なりて、　　(巻一、p.25)

<70> まことや、「小朝熊の宮と申は、鏡造りの明神の、天照大神の御姿を写<u>され</u>たりける御鏡を、(後略)」　　(巻四、p.203)

<68>의「申さる」는「申す」의 동작 주체인 大宮院을 대우하기 위한 것으로, 이러한 겸양어에「ー(ら)る」가 복합된 형태로는『とはずがたり』에서「申さる」가 대표적으로 사용되고 있다.

<69>에는「ー(ら)る」가 이중경어로 사용되고 있으며,『弁内侍日記』나『中務内侍日記』에도「御覧ぜらる」,「仰せらる」와 같은 용례가 보이는 점을 미루어, 가마쿠라 시대의 여류일기에 공통적으로 쓰이는 하나의 특징을 나타내는 경어 형식으로 볼 수 있다.44) 중고기에 발달하여

---

44) 青柳好信(1986) 前掲書 p.15

널리 쓰이던 경어가 중세에 와서는 점차로 그 높임 정도가 떨어짐에 따라 경의의 정도를 높여 사용하기 위하여 이중경어라는 형식이 발생하게 되었다.

<70>에서는 「ー(ら)る」가 신불(鏡造りの明神)을 대우 대상으로 하는 것이나, 『とはずがたり』에서 신불을 대우하는데 사용된 「ー(ら)る」는 이 용례밖에 없고 주로 「ー給ふ」(四段)가 많이 사용된다.

이상과 같이 일반 동사 또는 경어 동사에 접속되어, 동작 주체에게 경의를 나타내는 부가 형식을 중심으로 사용 빈도 및 특징에 관해서 살펴보았다. 그 결과 이들 경어 형식의 용례수 및 경의 대상에 대한 도수 분포를 정리하면 <표2>와 같다.

<표2> 존경어 형식(이중경어・보조동사・조동사)의 도수 분포

意味	対象 / 尊敬語	皇族										関白・太政大臣		公卿				神仏・その他		計
		院・天皇		女院		東宮・(内)親王		有明の月		将軍・準后・法親王				公卿		雪の曙				
		地	対	地	対	地	対	地	対	地	対	地	対	地	対	地	対	地	対	
二重敬語	ー(さ)せおはします	77	16	19	5	5				2	1							1		126
	ー(さ)せ給ふ	51	10	7	3	6	2	6	1	2		2				1		1	5	97
補助動詞	ーまします	3	6	1														1	1	12
	ー給ふ	69	6	6		14	1	56	11	19	4	8		13	5	10	4	20	33	277
助動詞	ー(ら)る	44	10	13	2	1	1	4	5	1	1	10	3	63	8	20	1	37	12	236

2) 「御ーあり」・「御ーなる」형식

「御ーあり」・「御ーなる」형식에는　1)「御ー名詞ーあり(なる)」(御尋ねあり・御上りなる), 2)「敬語性 名詞ーあり(なる)」(還御あり・崩御なる)와 같은 형태가 있다.

(1)「御ーあり」형식

「御ー名詞ーあり」형태로는 <71>과 같이「御尋ねあり」을 비롯하여 「御物語りあり」・「御沙汰あり」・「御気色あり」・「御帰りあり」등이 있다.

> <71> (後深草院ガ私ノ所ニ来テ)いと馴れ顔に入おはしまして、「悩ましくすらんは、何事にかあらん」など御尋ねあれども、御いらへ申べき心地もせず、
>
> (巻一、p.9)

이밖에 『とはずがたり』에는 「御ーあり」의 명령형 표현(<72>・<73>)이나 이 형식의 부정형인 「御ーなし」표현(<74>〜<76>)도 있어 「御ーあり」형식이 여러 가지 형태로 다음과 같이 매우 다채롭게 쓰이고 있다.

> <72> 女院の御方、(後深草院ニ)「故院の御事の後は、珍しき御遊びなどもなかりつるに、今宵なん、御心落ちて御遊びあれ」と申さる。
>
> (巻一、p.59)

<73> (後深草院ガ斎宮ニ)「今宵はいたう更け侍ぬ。のどかに明日
　　　は、嵐の山の禿なる木ずゑどもも御覧じて、御帰あれ」など
　　　申させ給て、　　　　　　　　　　　　　　　　　（巻一、p.57）

<74> 近衛大殿も御参りあるべしとてありしに、いかなる御障りに
　　　か、御参りなくて、御文あり。　　　　　　　　　（巻二、p.80）

<75> 心得ずおぼえて、御所へ持ちて参りて、(私ガ後深草院ニ)「か
　　　く申て候。何事ぞ」と申せば、ともかくも御返事なし。
　　　　　　　　　　　　　　　　　　　　　　　　　（巻三、p.151）

<76> さても、大納言、度々大宮院、新院の御方へ出家の暇を申さ
　　　るるに、「おぼしめす子細あり」とて、御許されなし。
　　　　　　　　　　　　　　　　　　　　　　　　　（巻一、p.19）

　「敬語性名詞ーあり」형태로는「御幸あり」・「行幸あり」・「行啓あ
り」・「還御あり」등이 있고, <77>~<79>와 같이 황실의 최상급 신
분을 중심으로 대우하는데 사용하고 있어서 그 높임 정도가 매우 높다.

<77> 廿日余りの月の出づる頃、いと忍びて(後深草院ノ)御幸あり。
　　　　　　　　　　　　　　　　　　　　　　　　　（巻一、p.40）

<78> 如月の晦日の事なるべしとて、廿九日(後宇多帝ノ)行幸、(熙
　　　仁親王ノ)行啓あり。　　　　　　　　　　　　　（巻三、p.156）

<79> とどまりて里へ出でんとするに、両院御幸、おなじやうに還御

あり。 (巻三、p.136)

또한 중고기에는 보이지 않았던 <80>・<81>과 같이「御ーあり」라는 존경어 형식에 겸양어「参る」와「見参する」등이 복합된「御参り あり」・「御見参あり」라는 형식도 본 작품에 쓰이고 있어 하나의 특징을 나타내고 있다.

<80> その頃、真言の御談義といふ事始まりて、人々に御尋ねなど ありしついでに、(有明ノ月ガ)御参りありて、
(巻三、p.124)

<81> (後深草院ハ)心ことに出で立たせおはしまして、御見参ある べしとて、 (巻一、p.56)

(2)「御ーなる」형식

「御ーなる」형식으로는 왕래 관계를 나타내는「御幸なる」・「還御 なる」・「行幸なる」와 같은「敬語性 名詞ーなる」형태로 주로 쓰이고 「御幸なる」(11回)와「還御なる」(11回)가 가장 많다. 다음과 같이 대 우 대상도 황실 관계자에 국한되어 있어서 높임의 정도가「御ーあり」 형식보다 매우 높다.[45]

---

45)「御ーあり」형식에는 例文<71>・<72>와 같이 황실 관계자이나 대체로 신분이 낮은「有明の月」(<71>)와 황족이 아닌 近衛 大殿(<72>)에게 사 용한 예가 있어서 높임의 정도는 황실 관계자에만 국한되어 사용하는 「御ーなる」형식보다 비교적 낮다고 할 수 있다.

<82> その後の事いかがありけん、知らぬ程に、(後深草院ハ)すでに
御幸なりにけり。   (巻一、p.6)

<83> (私ハ)言葉少なにて立ち帰り侍らんとするも、なほ悲しくお
ぼえて候に、(遊義門院ハ)すでに還御なる。

(巻五、p.244)

이밖에 「御ーなる」는 왕래 관계를 나타내는 의미 이외에도 「崩御な
る」(2回)・「御産なる」(1回)와 같은 용례도 있어서 이 형식이 매우 다양
하게 사용되고 있음을 알 수 있다.

<84> 今は御形見ともと慰めて、帰り侍ぬるに、はや法皇、崩御な
りにけるよしうけ給はりしかば、   (巻五、p.242)

<85> 「見者観喜」と言ふわたりを読む折、(東二条院)御産なりぬ。

(巻一、p.15)

3) 접사

(1) 접두어
① 「御ー」
「御ー」는 주로 명사 앞에 붙여서 존경의 의미를 나타내는 경어이며,
접속되는 어휘와 그 시대별에 따라 「ぎょー」・「ごー」・「みー」・「お
んー」・「おー」 등, 몇 가지로 발음되어 어떤 일관된 규칙성을 찾아내기
란 어려움이 있다. 그러나 『とはずがたり』의 「御ー」에 접속된 어휘를

분석하면 다음과 같이 정리할 수 있다.

    ＜漢語系＞
- 御 [ぎょー]
- 一遊 [ーいう]
- 一剣 [ーけん]
- 一製 [ーせい]
- 一命 [ーめい]
- 一感 [ーかん]
- 一寝 [ーしん]
- 一拝 [ーはい]
- 一簾 [ーれん]

  一字의 漢語 앞에「御一」가 사용된 경우는 대부분「ぎょー」로 발음되고, 이것은 天皇・上皇・女院 등 황실 최상급의 신분에 관계된 어휘에만 사용됨으로 매우 한정적이라 할 수 있다.

- 御 [ごー]
- 一恩 [ーおん]
- 一旧蹟 [ーきうせき]
- 一帰座 [ーきざ]
- 一祈誓 [ーきせい]
- 一給 [ーきふ]
- 一供養 [ーくやう]
- 一願文 [ーぐゎもん]
- 一結願 [ーけちぐゎん]
- 一験者 [ーげんじゃ]
- 一座 [ーざ]
- 一葬送 [ーさうそう]
- 一沙汰 [ーさた]
- 一幸 [ーかう]
- 一裘代 [ーきうたい]
- 一気色 [ーきしょく]
- 一几帳 [ーきちゃう]
- 一記文 [ーきもん]
- 一装束 [ーしゃうぞく]
- 一結縁 [ーけちえん]
- 一見参 [ーげんざん]
- 一元服 [ーげんぶく]
- 一斎会 [ーさいゑ]
- 一雑掌 [ーざしゃう]
- 一産 [ーさん]

・一猶子 [一いうし]　　　　・一伺候 [一しこう]

・一精進 [一しゃうじん]　　・一願 [一ぐゎん]

・一宿縁 [一しゅくえん]　　・一出家 [一しゅっけ]

・一出仕 [一しゅっし]　　　・一巡礼 [一じゅんれい]

・一所 [一しょ]　　　　　　・一所作 [一しょさ]

・一所侍 [一しょさぶらひ]　・一所方 [一しょざま]

・一心中 [一しんぢゅう]　　・一述懐 [一ずくゎい]

・一政務 [一せいむ]　　　　・一饌 [一せん]

・一前 [一ぜん]　　　　　　・一膳 [一ぜん]

・一千度 [一せんど]　　　　・一饌島 [一せんのしま]

・一懺法 [一せんぼふ]　　　・一体 [一たい]

・一代官 [一だいくゎん]　　・一怠状[一たいじゃう]

・一対面 [一たいめん]　　　・一導師 [一だうし]

・一達 [一たち]　　　　　　・一談義 [一だんぎ]

・一誕生 [一たんじゃう]　　・一壇所 [一だんしょ]

・一聴聞所 [一ちゃうもんどころ]　・一殿 [一てん]

・一同車 [一どうしゃ]　　　・一逗留 [一とうりう]

・一悩 [一なう]　　　　　　・一念誦 [一ねんじゅ]

・一念仏 [一ねんぶつ]　　　・一能 [一のう]

・一陪膳 [一ばいぜん]　　　・一傍親 [一ばうしん]

・一不覚 [一ふかく]　　　　・一服所 [一ふくどころ]

・一不審 [一ふしん]　　　　・一仏事 [一ぶつじ]

・一分 [一ぶん]　　　　　　・一菩提 [一ぼだい]

・一弊 [一へい]　　　　　　・一本坊 [一ほんばう]

・一面目 [一めんぼく]　　　・一物 [一もつ]

・一約束 [一やくそく]　　　・一用 [一よう]

・一覧遣 [一らんじおこす]　・一覧知 [一らんじしる]

・一覧放 [ーらんじはなつ]　　　　・一覧忘 [ーらんじわする]
・一覧 [ーらんず]　　　　　　　　・一円座 [ーゑんざ]
・一覧咎 [ーらんじとがむ]　　　　・一覧育 [ーらんじはぐくむ]

「御ー」가 드물게 고유 일본어에 접속되어 「ごー」로 발음되는 경우도
있지만, 거의 대부분이 한어 앞에서 「ごー」로 발음된다. 본 자료에서도
한어에만 접속되어 「ごー」로 사용되고 있다.

<和語系>
● 御 [みー]
・一影 [ーえい]　　　　　　　　　・一影供 [ーえいく]
・一格子 [ーかうし]　　　　　　　・一垣 [ーかき]
・一狩野 [ーかりの]　　　　　　　・一匣殿 [ーくしげどの]
・一薬 [ーくすり]　　　　　　　　・一位 [ーくらゐ]
・一車 [ーくるま]　　　　　　　　・一車寄 [ーくるまよせ]
・一気色 [ーけしき]　　　　　　　・一子 [ーこ]
・一輿 [ーこし]　　　　　　　　　・一肴 [ーさかな]
・一修法 [ーしゅほふ]　　　　　　・一簾 [ーす]
・一随身 [ーずいじん]　　　　　　・一誦経 [ーずきゃう]
・一堂 [ーだう]　　　　　　　　　・一堂供養 [ーだうくやう]
・一手洗河 [ーたらしがは]　　　　・一厨子 [ーづし]
・一庭所 [ーにはどころ]　　　　　・一八講 [ーはかう]
・一簡 [ーふだ]　　　　　　　　　・一裳濯川 [ーもすそがは]
・一社 [ーやしろ]　　　　　　　　・一休 [ーやすみ]
・一山 [ーやま]　　　　　　　　　・一幸 [ーゆき]
・一代 [ーよ]　　　　　　　　　　・一舟 [ーふね]

「みー」로 발음되는 「御ー」는 가장 오래된 和語系의 접두어로서 상대부터 사용되었으며, 위 예문에서 보는 바와 같이 「堂」・「随身」・「修法」 등과 같은 한어 앞에 접속되어 쓰이기도 하지만, 중고기 이후에는 고정화된 어휘에 제한적으로 사용되고 있다.

* 御 [おんー]

「おんー」으로 발음되는 「御ー」는 거의 和訓의 어휘(ー方[ーかた]・ー心[ーこころ]・ー事[ーこと]・ー文[ーふみ]・ー墓[ーはか])에 접속되어 화제속의 동작주를 대우하고 있으나,46) ー様[ーやう]・ー服[ーぶく]・ー賀[ーが]・ー経[ーぎゃう]・ー傾城[ーけいせい]・ー式[ーしき]・ー宿世[ーしゅくせい]・ー祖母[ーそぼ] 등과 같이 한어 앞에도 쓰이고 있다. 또한 동사의 연용형 명사(ー恨[ーうらみ]・ー送[ーおくり]・ー遊[ーあそび]・ー帰[ーかへり])나, 경우에 따라서는 단일형용사(ー幼[ーをさなし]・ー睦[ーむつまし]) 앞에도 붙여져 사용되기도 하였다. 이 「おんー」은 「おほみー」에서 발생되어 「おほみーおほんーおん」이라는 과정을 거쳐 가마쿠라 시대에 전용되며, 차츰 「ん」이 탈락하여 무로마치 시대에는 구어적 성격이 강한 「おー」가 그 자리를

---

46) 『とはずがたり』에는 화제 속의 인물이나 존자에 관한 사항 등에 경어 접두어인 「御」를 쓰지 않는 곳이 있다. 예를 들면, 「いかにもはかばかしからじとおぼゆる行末も推し量られて、人知れぬ泣く音も露けき昼つ方、文あり。」(巻一, p.35) 본문에서의 「文」는 後深草院의 편지를 말하며, 따라서 「御文」로 하는 것이 대우법에 맞다. 그러나 본 자료에서는 「御文」로 하지 않는 예가 많다. 이것은 단순히 경어사용에 있어서 표현상의 문제인지, 아니면 「御」를 필사 과정에서 빠뜨린 것인가에 대한 판단은 이 작품이 다른 異本이 전해지지 않는 孤本이기 때문에 어렵다.

대신하게 된다.47)

- 御 [お―]48)
- ・一座 [―まし]　　　　・一前 [―まへ]
- ・一室 [―むろ]　　　　・一湯殿 [―ゆどの]
- ・一夜 [―よる]

「御―」가 일반화되어 「お―」로 발음되는 것은 무로마치 시대부터라 할 수 있으며, 狂言이나 抄物,『吉利支丹』관련 자료에 주로 고유 일본 어나 「返事」・「約束」와 같은 일상 생활에 많이 사용하는 한어의 경어 접두어로 쓰인다. 그러나 「御―」가 「お―」로 발음되는 경우는 그 예가 매우 적다.

이밖에 존경의 의미를 나타내는 접두어로서『とはずがたり』에서는 다음과 같은 것이 사용되고 있다.

---

47) 辻村敏樹(1968) 前掲書 p.130
48) 辻村敏樹(1968, 前掲書 pp.109-140)에서는 御[お] 의 발생기원에 관해서 「お」가 전부 「おん」에서 온 것이 아니라, 헤이안 시대 이전의 「おほ」에서 그 출발점을 찾고 있다. 극히 한정된 어휘이지만, 헤이안 시대의 「おまへ」・ 「おまし」・「おもと」・「おもの」의 「お―」는 전부 「おほ―」에서 온 것으로 보고 있다. 따라서 본 작품에 나오는 「おまし」・「おまへ」는 중고기에 이미 「おほ―」에서 「お―」로 고정화된 것으로 보는 것이 타당하며, 나머지 御 [お]는 「おほ―」에서 나온 것인지, 아니면 「おん―」에서 「ん」이 탈락해서 된 것인지에 대한 판단은 이 시대의 다른 자료를 통해서 면밀히 비교 검토가 요구된다.

② 「尊—」

<86> (後深草院)「生を享けてよりこの方、天子の位を踏み、太上
　　　天皇の尊号をかうぶるに至るまで、(後略)」　　(巻一、p.60)

③ 「玉—」

<87> 何となく、「(後深草院ノ)玉体安穏」と申されぬるぞ、我なが
　　　らいとあはれなる。　　　　　　　　　　　　　(巻四、p.201)

④ 「宝—」

<88> 日の入るほどに参り着きて、猪鼻を登りて宝前へ参るに、
　　　　　　　　　　　　　　　　　　　　　　　　(巻四、p.194)

(2) 접미어

<漢語系>

① 「—公」

<89> かの准后と聞こゆるは、西園寺の太政大臣実氏公の家、
　　　　　　　　　　　　　　　　　　　　　　　　(巻三、p.157)

② 「—卿」

<90> 善勝寺大納言御使ひにて、隆親卿のもとへ、事のよしを仰せ
　　　らる。　　　　　　　　　　　　　　　　　　(巻二、p.70)

<91> 内裏よりは、頭の大蔵卿忠世参りたりとぞ聞こえし。
　　　　　　　　　　　　　　　　　　　　　　　　(巻三、p.168)

③「─御前」

<92> 坊主の尼<u>御前</u>の前にて、善導の御事を習ひなどしてゐたる暮
れほどに、 　　　　　　　　　　　　　　　　　　　　（巻二、p.101）

<89>의「─公」는 太政大臣級의 인명에, <90>・<91>의「─卿」
는 大納言級의 인명(<90>)이나 관직(<91>)에 붙여서 존경의 의미를
나타내고 있다.「─御前」은 귀족이나 신분이 높은 사람의 부인에 대한
존경을 나타내는 접미어이나, <92>에서는 여승인 眞願房(신간보)를
대우하는데「─御前」을 사용하고 있다.

<和語系>

④「─殿」

<93> 内、春宮、新院、関白<u>殿</u>、内の大臣より、思ひ思ひの御姿、見
どころ多かりき。 　　　　　　　　　　　　　　　　（巻三、p.164）

<94> 小町<u>殿</u>とて将軍に候は、土御門の定実のゆかりなれば、
　　　　　　　　　　　　　　　　　　　　　　　　　（巻四、p.175）

⑤「─上」

<95> 母の尼<u>上</u>など来集まりてそそめく時に、「何事ぞ」と言へば、
　　　　　　　　　　　　　　　　　　　　　　　　　（巻一、p.5）

⑥「―君」

<96>　美々しげなる人かなと見ゆれども、姫君などは言ひぬべくも
なし。　　　　　　　　　　　　　　　　　　　　　　（巻二、p.82)

　「―殿」는 大臣級 이상의 관직(<93>)이나 인명(<94>)을 나타내는 명사에 접속되어 존경을 나타내는 접미어였으나, <94>에서 보는 바와 같이 「女房」에 사용되고 있어서 높임 정도가 그다지 높지 않다. <95>・<96>의 「―上」・「―君」는 예문과 같은 접미어 용법 이외에 자립어로 존경을 나타내는 경우(「雲の上」・「女御の君」等)에도 사용된다.49)

4)「御」―형용사 형식

　경어 접두어인 「御」는 헤이안 시대의 자료에는 체언에만 접속되고, 단일형용사나 동사와 같은 활용어 앞에 직접 쓰이는 경우가 없었다. 예를 들면, 『源氏物語』에서는 「おんあつかひ(御扱)」・「おんあづかり(御預)」・「おんあらそひ(御争)」 등, 동사 활용형을 명사화한 것 앞에 「御」를 붙이거나 「御いどましさ」・「御うらめしさ」・「御うるはしさ」와 같이, 형용사에 접미어인 「さ」를 붙여서 체언화한 상태에서 「御」를 접속시킨 형태가 자주 나온다. 또한, 「御心まどひ」・「御心苦しさ」와 같

---

49) 이밖에 사람을 나타내는 명사에 접속되는 접미어로는 「―達」가 있으나,
　　다음과 같이 존경의 의미는 없고 복수를 나타낸다.
　　女房の方には、いと堪へがたかりし事は、余りに、我御身一つなら
　　ず、近習の男たちを召し集めて、女房たちを打たせさせおはしました
　　るを、妬き事なりとて、　（巻二、p.67)

이 체언과 복합된 활용어 앞에「御」를 사용한 예도 보인다.

그러나「御」를 형용사 체언화한 형태가 아닌 것에 직접 경어 접두어로서 쓰기 시작하는 예는 天草本『平家物語』(1592년)부터 찾아볼 수 있다는 것이 일반적인 통설이다.[50] 그러나 근래의 国田(1964)의 연구에 의하면『御湯殿上日記』(1477年)에서 단일형용사나 동작어 앞에 직접「御」를 사용한 예를 제시하고 있다.[51]『とはずがたり』에 쓰인 존경표현 형식인「御ー형용사」의 사용 실태를 살펴보기로 한다.

(1)「御」ー활용어의 명사형
① 「御」ー動詞連用形의 名詞化形

- おんあそび(御遊)   ・ おんつかひ(御使)
- おんいのり(御祈)   ・ おんうらみ(御恨)
- おんおくり(御送)   ・ おんおとづれ(御訪)
- おんたづね(御尋)

---

50) 山田孝雄(1954, 前揭書 pp.398-399)에서는 가마쿠라 시대의 자료인 延慶本『平家物語』에「御」가 체언화한 형태가 아닌 단일 형용사에 직접 접두어로 쓰인 예는 없으며, 주로「御心苦しく」・「御物狂はしく」와 같이 명사「心」・「後」・「人」・「物」와 복합한 형용사 앞에「御」를 사용하고 있다고 한다.

51) 国田百合子(1964, 前揭書 pp.30-38)에서는『御湯殿上日記』에「御むつかしく」・「御つつかなく」・「御わろく(て)」와 같이, 단일형용사나「御まいる」・「御みせらるる」와 같이 동사 앞에 직접「御」를 사용한 예가 많다. 더욱이「御ひしひしなり」・「御ひしひしと」와 같은 형용동사, 부사 앞에「御」를 접속시켜서 술어에 존경 의미를 강화시키는 형식도 있다고 한다.

② 御ー形容動詞ーさ・み

　　・御あはれさ　　　　　　　　・御あはれみ

③ 御ー形容詞ーさ

　　・御うらめしさ

　①과 같이 동사 연용형을 명사화시킨 것이나, ②・③과 같이 형용 동사나 형용사에 접미어「さ」・「み」를 붙여서 명사화한 형태 앞에「御」을 접속시켜 존경을 나타내는 표현 형식이『とはずがたり』에도 쓰이고 있으며, 이러한 형식은 중고기를 계승한 것이라 할 수 있다.

(2)「御」ー명사ー형용사

・御心ー

　　<97>　御所ざまも御心むつかしき折から、私もかかる思の程なれば、

　　　　　　　　　　　　　　　　　　　　　　　　　　　（巻一、p.44）

　　<98>　いつしかいかなる御物思ひの種にかと、よそも御心苦しくぞ
　　　　　おぼえさせ給し。　　　　　　　　　　　　　（巻一、p.56）

　　<99>　御心の内も御心苦しく、我道芝も離れ離れならずなど思にと
　　　　　わびしくて、　　　　　　　　　　　　　　　（巻一、p.64）

・御名残ー

   <100>　今はの御姿、またはいつかと、<u>御名残惜しく</u>おぼしめさる
          る程も、あはれに悲しく覚させおはしまして、

                                  （巻五、p.224）

・御暇ー

   <101>　師走には、常は神事何かとて、御所ざまはなべて<u>御隙なき</u>
          頃なり。   （巻一、p.45）

   <102>　(頼綱ノ御方ガ私ニ)「御服所の人々も、<u>御暇なし</u>とて、知
          らずしに、これにてして侍ほどに」など言ふ。

                                  （巻四、p.181）

・御後ろー

   <103>　(雪ノ曙)「かかる御身のほどなれば、つゆ<u>御後ろ</u>めたき振る
          舞ひあるまじきを、(下略)」   （巻一、p.34）

　예문 <97>～<103>에서 보는 바와 같이, 중고기 이후의 용법이라
할 수 있는 명사「心・名残・暇・後ろ」와 복합한 형용사 앞에「御」를
접속시킨 존경어 형식이 본 작품에서 나오고 있으며, 이밖에 이러한 형
식으로는 「御ことゆゆし」・「御後なつかし」・「御心地わびし」・「御
悩みわづらはし」가 있다.

(3)「御」－단일형용사

앞의 <97>～<103>의「御」는 중고기에 볼 수 있는 경어 형식이나, <104>～<114>는 단일형용사 앞에 접두어「御」를 바로 접속시킨 것으로 이러한 존경 형식은 중세적 용법이라고 할 수 있다. 본 작품에는 그 용법이 7語 11例나 지문과 대화문에서 각각 쓰여지고 있다.

<지문>

<104> あらたまの年ともにも、猶御わづらはしければ、何事も栄へなき御事也。　　　　　　　　　　　　　　　　(巻一、p.16)

<105> 女院の御方へなりぬるにや、立たせおはしましぬるは、いかでか御恨めしくも思ひまゐらせざらむ。　　(巻三、p.152)

<106> 祝詞の師といふは、神にことさら御むつましく宮仕ふ物なりといふが参りて、　　　　　　　　　　(巻四、p.197)

<107> 御おぼつかなく覚させおはしましし程に、「はや、御事切れさせ給ぬ」とて、ひしめく。　　　　(巻五、p.223)

<108> 折節、近き都の住まひに侍れば、何となく御所ざまの御やうも御ゆかしくて、見まゐらせ参りたれば、

(巻五、p.223)

<109> 今や落ちさせおはしましぬとうけたまはると思ふほどに、御わづらはしうならせおはしますとて、　　(巻五、p.225)

＜대화문＞

＜110＞ (後深草院ガ久我大納言ニ)「<u>御幼く</u>より馴れつかうまつり
しに、今はと聞かせおはしましつるも悲しく、今一度とお
ぼしめし立つる」など仰せあれば、 (巻一、p.24)

＜111＞ 御所ざまへも、(私)「<u>御いたはしければ</u>、御使ひな給そ」と
申たれば、 (巻一、p.48)

＜112＞ (私ガ斎宮ニ)「<u>御人少ななるも御いたはしくて</u>、御宿直し
侍」といらへば、 (巻一、p.58)

＜113＞ 医師召さるるなど聞きしほどに、(人々)「次第に<u>御わづらは
し</u>」など申を聞きまゐらせしほどに、(巻三、p.142)

＜114＞ (私ガ遊義門院ニ)「いまだ<u>御幼く</u>侍し昔は、馴れつかうまつ
りしに、(下略)」 (巻五、p.244)

예문 ＜104＞～＜114＞에서 보는 바와 같이, 이 형식에 있어서「御」
의 경의 대상은 ＜106＞(경의 대상은 神)을 제외하고는 당시 최고 신분인
황실 관계 사람들에게 사용하고 있어 그 높임 정도가 매우 높은 것이라
할 수 있다. 또한 이 형식은 모두 11예 중에서 지문뿐만 아니라, ＜110＞～
＜114＞와 같이 대화문에도 5회나 사용하고 있다.

지금까지「御」一단일형용사 형식의 성립에 관해서는 중세 후기 이후
이며, 『とはずがたり』에 보이는 이 형식이 후대에 필사할 때 가필되었
다고 하는 것이 통설이다. 그러나 이 작품의 분량이 소량인 것을 감안하
면 11회나 사용한「御」를 모두 加筆했다고 보기는 어렵다. 가마쿠라

후기의『平家物語』諸本을 비롯한 이 시대의 다른 자료에서도 이러한 「御」표현이 부분적으로 나오고 있으며,52) 앞에서 지적한 바와 같이 무로마치 중기인 文明 九年(1477년)부터 근세에 걸쳐 집필된『御湯殿上日記』에도「御」ー단일형용사 형식이 많이 사용되고 있다는 것은 이미 이전에 이 용법이 성립되어 있었다는 것을 뒷받침해 주고 있다.53) 따라서「御」ー단일형용사 형식은 무로마치 말기에 일반화되지만, 그 발생 시기는 가마쿠라 시대로 보는 것이 타당하다.54)

이상과 같이 本節에서는 존경 표현을 각각 교체 형식과 부가 형식으로 나누어서 고찰했다.

교체 형식인 존경어의 사용 상황 및 특징을 정리하면 다음과 같다.

1) 언어 행동에 관한 것으로「宣はす」의 쇠퇴와 더불어「仰せらる」가「言ウ」의 존경어로 그 자리를 대신하나, 중고기보다 높임의 정도는 저하되었다.「聞ク」의 존경어인「聞こす」는 용례가 보이지 않으며,「聞く」에「ー(さ)せおはします」・「ー給ふ」(四段)・「ー(ら)る」와 접속된 존경어 형식만 보인다.

2) 정신 활동에 관한 것으로는「思ウ」의 존경어인「思し召す」가 쓰이고 있으며,「見ル」의 존경어로는「御覧ず」와「御覧ぜらる」가 대표적으로 사용되고 있다.

---

52) 近藤政美(1970)「平家物語諸本における形容詞の謙譲表現について」『説林』19

53) 国田百合子(1964) 前掲書 p.35

54) 『とはずがたり』에는 동사 앞에「御」를 직접 붙인「御まいる」와 같은 「御ー동사」형식이나,「御ひしひしと」와 같은「御ー부사」형식은 아직 보이지 않는다.

3) 존재・왕래에 관한 것으로는 「アル」・「イル」의 존경어인 「おは
   します」가 주로 사용되었으며, 헤이안 시대 和文에 많이 쓰인 「お
   はす」는 낮은 신분을 대우 대상으로 하는 경우가 많아서 높임의
   정도가 낮다. 이밖에 「まします」(2회)와 「います」(1회)는 본동사
   로 대화문에 「アル」・「イル」의 존경어로 사용되고 있으며, 대우
   대상에 대한 높임의 정도가 매우 높다. 왕래를 나타내는 「行ク」・
   「来ル」의 존경어로 「おはす」가 있으나, 공경급 이하의 인물에게
   도 쓰이고 있고, 황실 관계자를 대우할 경우에는 「御一あり」・
   「御一なる」와 같은 존경어 형식을 사용하고 있다.

4) 수수 관계를 나타내는 것으로 「与エル」의 존경어인 「賜(給)はす」
   와 「たぶ」가 있으나, 「賜(給)はす」는 천황을 비롯한 황실 관계자
   만을 대우 대상으로 하고 있어 높임의 정도가 높은 반면, 「たぶ」
   는 천황을 비롯하여 공경 이하의 신분에게도 사용되고 있다.

5) 「寝ル」의 존경어로는 「御殿ごもる」가 6회 쓰이고 있으며, 「御
   よるになる」는 중세적 존경어 형식으로 모두 황실 관계자에만
   7회 사용되고 있어 높임의 정도가 높다. 「乗ル」의 존경어로 「奉
   る」, 「参る」보다 「召す」가 그 대표성을 갖는다. 그리고 이 「召
   す」는 「着ル」와 「呼ブ」의 존경어로도 사용된다. 이밖에 「スル」
   의 존경어로는 「遊ばす」가 있으며, 後深草院과 장군의 행위 동
   작에 사용되고 있어 높임의 정도가 매우 높다.

존경 표현을 나타내는 부가 형식에 관해 정리하면 다음과 같다.

1) 이중경어인 「ー(さ)せ給ふ」의 높임 정도가 떨어짐에 따라 「ー(さ)
   せおはします」가 최고 경어로 쓰인다. 그리고 「ーまします」가 보
   조동사로 12회 나오고 있으나, 신불을 대우한 2회를 제외하고는
   모두 천황을 대우 대상으로 하고 있어 높임의 정도는 매우 높으며
   주로 대화문에서 상대방에게 동의를 구하거나 납득을 시키는 상황
   에 쓰이고 있다. 「ー給ふ」(四段)는 천황에서부터 공경 이하의 신
   분에게도 쓰이고 있어 대우 대상의 폭이 넓고 역사상의 인물이나
   신불 등을 대우하는데 많이 사용되는 경향이 있다. 조동사로는
   「ー(ら)る」가 본 작품에 「ー給ふ」(四段)와 더불어 많이 사용되고
   있다. 대우 대상도 황실 관계자에게는 「申さる」와 같이 겸양어
   「申す」에 「ー(ら)る」가 복합된 형태나, 혹은 「仰せらる」와 같이
   존경어에 「ー(ら)る」가 접속된 이중경어 형태로 대우하는 특징이
   있다.

2) 「御ーあり」형식에 있어서는, 「御ーあり」에 겸양어가 복합된 「御
   参りあり」와 같은 형식이나, 「御ーあれ」와 같은 명령형 표현, 혹
   은 「御ーなし」와 같은 부정형 표현 등, 매우 다양한 형식으로 「と
   はずがたり」에서 사용되고 있다. 중세의 존경어 형식이라 할 수
   있는 「御ーなる」는 주로 왕래를 나타내는 표현에 많이 사용 되었
   으며, 대우 대상도 황실 관계자에 국한되어 「御ーあり」보다 높임
   의 정도가 높다.

3) 존경을 나타내는 접두어로는 「御ー」가 대표적으로 있으며, 한어
   계 어휘에서는 一字로 된 한어(一寝・一遊)앞에 접속된 「御ー」는
   「ギョー」로 발음된다. 이 밖에 二字 이상의 한어 앞에 접속된

「御一」는 대부분「ゴー」로 발음된다. 본 자료에는 和語앞에 접속되어「ゴー」로 발음되는「御一」는 없으나, 和語系 어휘에서는 가마쿠라 시대의 전용이라 할 만큼 和語(일부 漢語 포함) 앞에「御一」가 접속되면「オンー」으로 발음되는 경우가 많다. 또한「御一」가「ミー」로 발음 될 때는「御山(ミヤマ)」·「御幸(ミユキ)」·「御輿(ミコシ)」와 같이 상대부터「ミー」로 고정된 어휘에 제한적으로 쓰이고 있으며,「御堂(ミダウ)」와 같이 한어 앞에서도「御一」가「ミー」로 발음되는 경우도 간혹 있다. 그리고「御一」가「オンー」에서「ん」이 탈락되어「オー」로 발음된 예는 드물고,「御座(オマシ)」·「御前(オマヘ)」의「オー」는 헤이안 시대 이전의「オホ(大)ー」에서「オー」로 발음된 것으로 추정된다. 이밖에「御一」외에는「尊一」·「玉一」·「宝一」가 존경의 의미를 나타내는 접두어로 사용되고 있다. 존경을 나타내는 접미어로는 한어계인「一公」·「一卿」·「一御前」가 있으나,「一公」는 太政大臣級,「一卿」는 大納言級의 인물이나 관직,「一御前」은 신분이 높은 사람의 부인에 대한 경칭으로 사용되며 본 작품에서의 높임 정도는 그다지 높지 않다. 그리고 和語系 접미어인「一殿」가 중고기에 비해서 높임의 정도가 저하되었으며, 그 밖의 접미사로는「一上」·「一君」등이 있다.

4) 중고기에 볼 수 없는 중세적 용법인 단일형용사 앞에 직접「御」를 접속시킨 존경형식이 본 작품에 7語11回(「御わづらはし」·「御恨めし」·「御むつまし」·「御ゆかし」·「御いたはし」·「御おぼつかなし」·「御幼し」)나 사용되고 있어 주목된다. 그러나 동

작어(동사・부사) 앞에 「御」를 직접 붙인 「御まいる」・「御ひし
ひしと」와 같은 존경어 형식은 아직 보이지 않는다.

第二節　謙讓 表現

1. 謙讓語

교체 형식으로 사용된 겸양어 동사는 그 어휘의 의미적 구분에 따라
서 다음과 같이 1) 언어 행동 관계 2) 이동 관계 3) 존재 관계 4) 수수
관계 5) 봉사 관계로 나누어 각 겸양어의 사용상황 및 그 대우성에 관해
서 고찰한다.

1) 언어 행동 관계

「言ウ」의 겸양어로는 「申す」・「聞ゆ」・「聞えさす」・「奏す」 등이
있다. 우선 「申す」의 사용례를 살펴보면 다음과 같다.

> <1>　「いかなる人の形見ぞ」など、(後深草院ガ私ニ)ねん頃に御尋ね
> あるもむつかしくて、ありのままに申ほどに、　　　(巻二、p.81)

> <2>　(後深草院)「御寝ぎたなさに、御添へ臥しも逃げにけり」な(ど)
> 申させたまへば、(亀山院)「ただ今まで、ここに侍つ」な(ど)申さ

るるも、   （巻三、p.135）

<3>　　嵯峨殿の御所へ申されて、按察使の二品のもとにわたらせ給
　　　ふ今御所とかや車姫宮、十三にならせ給を、舞姫に出し立
　　　てまゐらせて、   （巻二、p.92）

　예문 <1>「申す」의 동작 주체는 작자 자신인 二條이며, 「申す」의 동
작 객체는 後深草院이다. 「申す」의 동작 주체와 객체간의 상하 관계는
당시 사회적 신분상의 객관적인 사실을 보더라도 동작 주체 <하위>・
객체<상위>라는 관계가 성립된다. 또한 동작 객체인 後深草院에 대해
서「御尋ねある」 등 존경어 표현 형식을 사용하고 있으므로 표현 주체인
작자의 인식으로서도 동작 객체가 상위자임을 알 수 있다. 따라서 <1>
의 「申す」는 표현 주체인 작자가 화제속 인물의 신분 관계를 「申す」의
동작 주체 <하위>・객체<상위>라는 관계로 규정하고 그 상위자인 동
작 객체 後深草院을 내우하기 위헤서 하위자인 二條의 「言ウ」행위를
「申す」로 나타낸 것이라 할 수 있다. 겸양어 용법의 본질을 「대상 존경
성」과 「관계 규정성」[55)의 복합이라는 관점에서 본다면, <1>의 「申す」
는 이러한 兩 성질이 인정되는 전형적인 겸양어 용법의 「申す」이라고
볼 수 있다.
　<2>「申す」에 있어서 「申す」(a)의 동작 주체는 後深草院이며 동작
객체는 龜山院이다. 「申す」(b)에서는 그 반대로 동작 주체는 龜山院이
며 동작 객체는 後深草院이다. 「申す」(a)・(b)의 동작 주체 및 동작 객체
에서 현격한 신분 격차는 찾아 볼 수 없다. 만일 작자가 <1>의 「申す」

---

55) 穐田定樹(1976)『中古中世の敬語の研究』清文堂 p.20

와 같이 동작 주체<하위>・객체<상위>라는 관계를 인식하고 「申す」
(a)・(b)를 표현한 것이라면, 그것은 「申す」(a)는 後深草院 <하위>・龜
山院<상위>라는 관계와 「申す」(b)는 龜山院<하위>・後深草院 <상
위>라는 관계가 동시에 성립하는 모순이 발생된다. 따라서 이 「申す」
(a)・(b)에서는 동작 주체<하위>・객체<상위>라는 신분상에 있어서
의 관계 규정성을 인정하기 어렵다. 그러나 이러한 용법은 동작 주체와
객체간의 신분이 거의 같거나 또는 동작 주체가 동작의 객체보다 상위라
할지라도 동작의 객체가 최상급의 신분(天皇・院・皇后 등)인 경우에는
성립이 가능하다.56) <2>「申す」(a)・(b)는 동작 주체인 後深草院(a)・
龜山院(b)을 낮춤으로 상대적으로 「申す」의 동작 객체인 龜山院(a)・後
深草院(b)을 높여 대우하는 것은 아니다. 따라서 「申す」에는 동작 주체
를 낮추어서 표현하는 성질은 없고, 다만 「申す」의 동작 객체에게 경의
를 나타내기 위한 하나의 수단으로서 동작 주체와 객체간의 상하 관계를
규정하는 <1>의 「申す」와 같은 성질을 이용한 것으로 대상 존경성에
중점을 둔 표현이라 할 수 있다.

　<3>의 「申す」는 「申す」동작의 객체가 되는 장소나 인물의 배후에
조정・신불 등의 절대적 지배자가 있는 것으로 보고 「申す」의 대상주인
존경받는 인물의 관위나 신분, 장소 또는 그 대상 등을 대우하기 위해
사용한 것이다. 즉, 「ーと」라고 불리는 대상이 「申す」의 동작 객체이며,

---

56) 『とはずがたり』에는 다음과 같이 최상급 신분 상호간에 사용한 「申す」의
　용례가 많다.
　(後深草院ガ大宮院ニ) 「あのあが子が、(中略)」など申されしかば、(大宮
　院ガ) 「まことに、いかが御覧じ放ち候べき。(下略)」など(後深草院ニ)
　申させ給て、(巻一、p.55)

「申す」의 동작 주체는 그 시대의 일반 사람들이라 할 수 있다. 따라서 <3>의 「申す」도 <1>의 「申す」와 마찬가지로, 화자가 동작 주체<하위>・객체<상위>라는 관계 인식 속에서 동작 객체에 대한 경의를 나타내는 겸양어 용법으로 쓰인 것이라 볼 수 있다. 다만 구문상에서 <1>〜<2>「申す」의 동작 객체는 「ニ」격을 <3>에서는 「ヲ」격을 취하는 특징을 가지고 있다.

　이상과 같이 상대・중고기의 용법을 계승하는 「申す」가 「言ウ」의 겸양어로서 중세의 본 작품에 많이 사용되고 있으며, 이러한 「申す」의 용법 중에는 동작 개념을 가지는 한어에 「申す」를 접속시켜서 또 다른 형태의 복합어 구성을 만들기도 한다.

<4>　みな人、この上げ鞠を、泣く泣く<u>辞退申し</u>ほどに、

(巻二、p.91)

<5>　これにまづ七日籠りて、生死の一大事をも<u>祈誓申</u>さんと思ひて侍ほど、　　　　　　　　　　　　(巻四、p.200)

　「辞退申す」가 4회[57], 「祈誓申す」3회[58], 「祈誓し申す」[59]가 1회씩 모두 지문에 나타나고 있으며, 이러한 형태의 복합어는 중고기에는 볼 수 없었던 「申す」용법의 중세적 특징이라고 할 수 있다.

　한편, 「申す」와 같은 용법인 「聞ゆ」는 헤이안 시대의 和文에서 귀족

---

57) 巻一(p.20), 巻二(p.70, p.91, p.110)
58) 巻一(p.44), 巻四(p.175, p.200)
59) 巻四(p.212)

사회의 여성층이 주로 사용했다. 그러나 가마쿠라 시대에는 和文體의
「物語」나 일기 등에만 「聞ゆ」의 예가 보이며 사용이 극히 제한적이었
다.60) 본 작품에서도 겸양어 용법의 「聞ゆ」는 <6>~<8>과 같이 본동
사로 쓰인 것이 3회, <9>와 같이 보조동사 용법으로 한 차례만 보인다.

<6>　(後深草院ト)御物語ありて、(斎宮ハ)神地の山の御物語など、
　　　絶え絶え<u>聞こえ</u>給て、　　　　　　　　　　(巻一、p.57)

<7>　「これの御隙は、いつも何の葦分けかあらむ」など(尼ノ)<u>聞こゆ
　　　る</u>よしを(後深草院ニ)伝へ申せば、　　　　(巻一、p.64)

<8>　かの准后と<u>聞こゆる</u>は、西園寺の太政大臣実氏公の家、大宮
　　　院、東二条院御母、一院、新院御祖母、内、春宮御曾祖母
　　　なれば、　　　　　　　　　　　　　　　　　(巻三、p.157)

<9>　明け方近くなれば、(亀山院ハ後深草院ノ)御そばへ返入らせ
　　　給て、(後深草院ヲ)おどろかし<u>きこえ</u>給ふにぞ、初めておどろ
　　　きたまひぬる。　　　　　　　　　　　　　　(巻三、p.135)

　　<6>・<7>의 「聞ゆ」는 모두 「聞ゆ」의 동작 객체인 後深草院을
대우하기 위해서 사용된 것이다. <8>의 「聞ゆ」는 <3>의 「申す」용법
과 마찬가지로, 관위나 신분 뒤에 붙어서 「聞ゆ」의 동작 객체를 대우하
는 것으로 <6>・<7>의 「聞ゆ」와 같은 겸양어 용법으로 쓰였다.
<9>의 「聞ゆ」는 보조동사로 사용된 것이며 경의의 대상은 後深草院

---

60) 穐田定樹(1976) 前掲書 p.256

이다. 보조동사로 쓰인 「聞ゆ」의 예는 이것 하나뿐이어서 「聞ゆ」의
쇠퇴를 보여 주고 있다.[61] 또한 당시에는 거의 사용되지 않았던 「聞え
さす」는 <10>과 같이 한 차례만 사용되었으며, 경의의 대상도 당시
최고 신분인 後深草院에게 사용하고 있어서 높임의 정도가 매우 높다
고 할 수 있다.

> <10> 余り色なくやなど思わづらひて、つゆの御いらへも聞こえさせ
> ぬ程に、
> (巻一、p.10)

또한, 「言ウ」의 겸양어로는 「奏す」와 「啓す」가 있으나, 본 자료에는
「啓す」의 사용예가 없다. 「奏す」는 14회 나오고 있으나, 궁중에서 아악
이나 무악을 연주한다는 의미의 겸양어로 7회 사용되었고,[62] 나머지 7
회는 <11>~<13>과 같이 「申しあげる」라는 의미로 쓰였다.

> <11> (久我大納言ガ後深草院ニ) 「かかる御幸のうれしさも置き所
> なきに、(中略) 言はん方なく侍り」よし、泣く泣く奏せらるれ
> ば、
> (巻一、p.24)

> <12> やがて御占あり。法皇の御方の御魂のよし奏し申。
> (巻一、p.16)

---

61) 桜井光昭(1966,『今昔物語の語法の研究』明治書院 p.223)는『今昔物語』
의 연구에서 「聞ゆ」는 본동사로 1회, 보조동사로 대화문에만 14회 사용
되고, 「聞えさす」는 쓰인 예가 없다고 한다.
62) 楽人、舞人、鳥向楽を奏す。(巻三、p.159)

<13> 近く参りて、(私ガ斎宮ニ)事のやう奏すれば、御顔うち赤め
て、いと物もの給はず、文も見るとしもなくて、うち置き
給ぬ。   (巻一、p.57)

<11>의「奏す」와 같은 단독형이 5회, <12>의「奏し申す」와 같은
복합형이 2회 사용되었다.「奏す」는「申す」와 같은「言ウ」의 겸양어이
지만, 천황·내친왕 등 최고 신분에 한해서만 사용하는 절대 경어라는
점에서「申す」의 용법과 구별된다. <13>의「奏す」는 斎宮를 경의의
대상으로 하고 있고, 나머지 6회의「奏す」는 모두 절대적 신분에 있는
後深草院을 대우하는데 쓰였다. 이밖에 언어 행동에 관한 경어 동사로
는「聞ク」의 겸양어로「うけたまはる」가 사용되었다.

<14> 「など、歌をだに参らせぬぞ」と、春宮大夫言はるれば、(私)「東
二条院より、「歌ばし召さるな」と、准后へ申されけるよし うけ
給し」など申て、   (巻三、p.162)

<15> ただ今まで、さまざま うけたまはりつる(後深草院ノ)御言の葉、
耳の底にとどまり、   (巻三、p.120)

<14>「うけたまはる」의 동작 주체는 이야기를 듣는 사람인 작자 二
條가 되고, 이야기를 하는 사람인 東二條院은「うけたまはる」의 동작
객체가 된다. <14>의「うけたまはる」는 청자인「春宮大夫」를 대우하
는 것으로 해석하기보다 청자보다 신분상으로 상위라고 할 수 있는「う
けたまはる」의 동작 객체인 東二條院에게 경의를 나타내기 위한 것으

로 해석된다.「うけたまはる」는 대화문 뿐만 아니라, <15>와 같이 지문에서도 본 작품을 통해서 겸양어 용법으로 많이 사용되고 있으며 그 높임 정도도 대체로 높은 편이다.

2) 이동 관계

이동을 나타내는 대표적인 겸양어 동사로는「参る」와「まかり出づ」가 사용된다.[63]「参る」는「行ク」의 겸양어로 동작 주체의 도착점에 있는 경의를 나타내어야할 대상(尊者・御所・神佛)을 대우하는 경어이다.

　　<16>　廿日頃には、さのみいつとなき事なれば、御所へ参りぬ。
　　　　　　　　　　　　　　　　　　　　　　　　　　　　　（巻一、p.22）

　　<17>　ことさら御心ざし深かりし御事思ひ出でられて、春日の御社
　　　　　　へ参りて、　　　　　　　　　　　　　　　　（巻五、p.235）

<16>・<17>의「参る」의 이동 주체는 작자 자신이며, 이「参る」는 동작 주체의 도착점에 있는「御所」와「春日神社」를 각각 대우하기 위해서 사용된 것이다. 작품 전체를 통해서 <16>・<17>과 같은 겸양어 용법의「参る」가 많이 사용되고 있다. 또한「参る」는「飲食スル」의 존경어와「さしあげる」라는 의미로도 쓰이고 있어 그 용법이 다양하

---

63) 이밖에 이동을 나타내는 경어로는「まかる」와「まうでく」가 있으나, 겸양어 용법으로 사용되고 있지 않기 때문에 第三章에서 상술한다.

다.64)

「まかり出づ」는 경의를 나타내어야할 대상이나 장소에서 퇴출한다
는 의미인 「出ル」의 겸양어이나, 「参る」가 경의의 대상이 동작 주체가
이동하는 도착점에 있는데 비해 「まかり出づ」는 그 출발점에 있다는
점에서 그 방향성이 다르다.

> <18> 水無月の頃まで(御所ニ)候しほどに、ゆかりある人の隠れにし
>   はばかりに言寄せて、(御所ヲ)まかり出でぬ。   (巻三、p.148)

<18>의 「まかり出づ」는 동작 주체인 작자 자신이 이동하는 출발점
「御所」를 대우하기 위해서 사용한 것이다. 본 작품에 사용된 「まかり出
づ」11회는 모두 이와 같은 겸양어 용법으로만 쓰였다.

이밖에 겸양어 용법인 「まかりー」는 熱田 神社의 縁起文에 「まかり
申す」가 <19>와 같이 1회, 물건의 이동(食膳などをさげる)을 나타내
는 「まかり出す」65)가 <20>과 같이 각각 1회씩 사용되었다.

> <19> 東の夷を降伏のために、勅をうけたまはりて下り給けるに、
>   伊勢大神宮にまかり申に参り給けるに、   (巻四、p.198)

> <20> これにて三献参りて後、(オ膳ヲ)まかり出だして、
>   (巻三、p.132)

---

64) 중세후기 이후에 보이기 시작한 청자를 대우하는 용법인 「参る」의 쓰임
   은 본 작품에는 보이지 않는다.
65) 경의 대상은 後深草院이다.

3) 존재 관계

　존재를 나타내는「アリ」와「ヲリ」의 겸양어 동사로는「侍り」와「候ふ」가 있다. 먼저「侍り」의 사용례를 보면,

<21> (後深草院ノ)かたはらに侍折は又、よそに積もる夜な夜なを恨み、我身に疎くなりまします事も悲しむ。　　　　(巻一、p.51)

<22> 更けて、御寝みあるべしとて、(後深草院ハ)懸りの御壷の方に入らせおはしましたれども、人もなし。西園寺の大納言、善勝寺の大納言、長相、為方、兼行、資行などぞ侍ける。

(巻一、p.55)

　「侍り」는 원래 사람이나 사물의 존재를 천황이나 신불 등, 절대자의 지배 하에 있는 것으로 보고,「삼가 존재한다」는 의미로 그 지배자에 대한 표현 주체의 경의를 나타내는데 사용했던 경어다.[66] 또한 이러한 原義에서「あり」의 경어로「侍り」의 동작 주체가 존재하고 있는 장소나 尊者(동작 객체)를 대우하는 겸양어 용법으로 쓰이기도 했다.
　예문 <21>은「侍り」의 동작 주체인 작자 자신과 함께 있는 後深草院을 대우하기 위해 사용한「侍り」이며, <22>의「侍り」도 같은 용법으로 쓰였다. 그러나『とはずがたり』에서는 <21>・<22>과 같이「侍り」가 존재를 나타내는「あり」의 겸양어로 쓰인 것은 몇 예밖에 없으며, 대화문에서는 청자를 대우하는「候ふ」와 병용하고 있으며, 지

---

66) 石坂正蔵(1957,「敬語法」『日本文法講座1 総論』明治書院 p.284)에서는 이러한「侍り」를「피지배 대우의 경어」라 한다.

문에서는 독자를 의식한 중세적 어법으로 「侍り」가 전용되고 있다. 다음 <23>・<24>에서는 겸양어 용법으로 쓰인 「候ふ」를 살펴본다.

<23> 大宮院御沙汰にて、「紫の匂ひにて、准后の御方に候べきか」
と定めありしを、なほいかがと思しめしけむ、

(巻三、p.158)

<24> 斎宮、紅梅の三御衣に青き御単衣ぞ、中々むつかしかりし。
御傍親とてさぶらひ給女房、紫の匂ひ五にて、物の具なども
なし。 (巻一、p.56)

<23>・<24> 「候ふ」는 「候ふ」의 동작 주체가 시중을 들고 있는 존자나 그곳에 있는 대상에게 경의를 나타내는 것으로, 여기서는 각각 准后와 齋宮를 대우하고 있다. 그러나 「伺候する」라는 의미로 사용된 겸양어 용법의 「候ふ」는 <23>과 같이 대화문에서의 사용되는 예는 드물고 <24>과 같이 대부분 지문에서만 쓰인다.

4) 수수 관계

<25> 御事ゆゆしくして、院の御方へ御直衣皆具、御小袖十、御
太刀一参る。 (巻二、p.70)

<26> 三日とどまりて、御社に候て後、京へ上りて、(私ガ遊義門院
ニ)御文を参らすとて、 (巻五、p.245)

　　　<27>　家に伝へたる宝、世に聞こえある名馬まで、霊社、霊仏に<u>た</u>
　　　　　　<u>てまつる</u>。　　　　　　　　　　　　　　　　　（巻四、p.176）

　「与エル」의 겸양어로는 「参る」・「参らす」・「奉る」가 있다. 「参る」
는 <16>・<17>의 「参る」와 같이 이동을 나타내는 것 이외에, <25>
의 「参る」와 같이 「さしあげる」라는 의미로도 쓰인다. 그리고 이 「参る」
의 경의 방향은 물건 및 행위 동작을 받는 쪽(동작 객체)인 後深草院에게
있다. <26>・<27>의 「参らす」와 「奉る」도 같은 의미의 겸양어 동사
로 쓰이고 있으며, 각각 편지와 보물 등을 받는 대상인 遊義門院과 신불
을 대우하고 있다.

　이밖에 수수 관계를 나타내는 겸양어 동사로는 「モラウ」 의미로 쓰이
는 「賜(給)はる」와 「うけたまはる」가 있다. 「参る」・「参らす」・「奉
る」가 물건 및 행위 동작을 받는 쪽을 대우하는데 비해, 이들 경어는
주는 쪽(동작 객체)을 경의의 대상으로 하는 특징이 있다.

　　　<28>　御室より<u>給</u>て秘蔵せられたりし、塩竈といふ牛をぞ、引かれ
　　　　　　たりし。　　　　　　　　　　　　　　　　　　（巻一、p.25）

　　　<29>　(かた)じけなく君の恩言を<u>うけたまはり</u>て、身を立つるはかり
　　　　　　ことをも知り、　　　　　　　　　　　　　　　（巻四、p.184）

　<28>・<29>의 「賜(給)はる」와 「うけたまはる」는 각각 「受ケル」
와 「モラウ」의 겸양어로 사용되고 있으며, <28>은 「御室」・<29>는
後深草院을 대우하기 위한 것이다. 한편, 「賜(給)はる」는 중세적 용법

으로 「与エル」의 존경어로도 쓰이며 본 작품에서도 그 용례가 보인
다.[67]

5) 봉사 관계

> <30> 故大納言、さるべきゆかりおはしましし程に、(前斎宮ニ)仕
>   うまつりつつ、   (巻一、p.54)

> <31> (私ガ遊義門院ニ)「いまだ御幼く侍し昔は、馴れつかうまつ
>   りしに、御覧じ忘れにけるにや」と申出でしかば、
>   (巻五、p.244)

「奉仕スル」라는 의미의 겸양어 동사로는 「仕うまつる」를 들 수 있다.
이것은 상대기에 사용된 「仕へまつる」의 「ウ音便形」으로 중고기 이후
에 많이 사용된 경어이다. <30>・<31>의 「仕うまつる」는 동작 주체
인 하위자(故大納言・二條)가 지배자(前斎宮・遊義門院)에게 봉사한
다는 의미로 표현 주체인 화자가 대우의 대상인 동작 객체에게 경의를
나타내고 있다. 또한 「仕うまつる」는 중세 이후에 그 축약형인 「つかま
つる」로 바뀌어 쓰였으며, 겸양어 용법에서 청자를 대우하는 용법으로
전성되어 대화문에 주로 사용되었다. 『とはずがたり』에서는 「仕うまつ
る」가 지문에서 1회, 대화문에서 3회 쓰이고 있으나 모두 겸양어 용법으
로만 사용되었다.

---

67) 朝はまだ疾く、四条大宮の御姆がもと、六角櫛笥の祖母のもとなど、
    人を給りて御尋ねあれども、(巻二、p.96)

한편, 봉사 관계를 나타내는 「スル」의 겸양어로 「致す」가 본 작품에 <32>와 같이 1회 쓰이고 있다.

> <32> (久我大納言ガ後深草院ニ) 「(中略)ことに父におくれ、母の 不孝をかうぶりても、なほ君の恩分を重くして、奉公の忠を 致す。(下略)」　　　　　　　　　　　　　　(巻一、p.19)

「致す」는 상대・중고기에 경어로서의 용법은 없었고 「至らせる」라는 의미로 「至る」의 타동사로 그 기능을 하고 있었다. 당시에는 한문체나 기록체에만 사용되어 和文體의 문헌에는 거의 볼 수 없었지만, 중세에 와서는 한문체의 영향이 큰 『今昔物語』를 비롯한 설화집이나 『平家物語』・『太平記』와 같은 「軍記物語」 문장에 쓰이게 된다. 그러나 이러한 「致す」도 중세 전기에는 반드시 「する」와 「なる」의 경어로 쓰였다고 할 수 없으며, 또한 경어로서의 충분한 語性을 확립하지 못한 것이 많다.[68] 중세 가마쿠라 시대의 다른 문헌에서 「致す」의 용례를 보면,

> <33> サテ彼夢ニ見奉リシ浦人、信ヲ致シ、歩ヲ運テ詣デ、ヨソノ 人モ聞及テ、貴ビ崇奉ルトナン。　　　　　(『沙石集』二[六])[69]

---

68) 「(前略)如此ク非道ナル事ヲ常ニ至サセ給フ、我レ嘆キ愁フ」ト。(『今昔 物語』十二[二八])
69) 渡邊網也 校註(1988) 『日本古典文学大系 85 沙石集』 岩波書店

<33>의 「致す」는 신불을 대우하는 겸양어 용법으로 쓰인 것이다. 그러나 <33>의 「信ヲ致ス」의 「致す」는 그 의미 기능으로 볼 때, 「致信」이라는 한어적 어구의 훈독에서 나온 표현으로 완전한 경어 용법이라고 할 수는 없다. 이러한 「致す」의 표현으로는 「心を致す」, 「誠を致す」 등이 있다.[70] 따라서 <32>의 「忠を致す」도 화자인 久我 大納言이 「致す」의 동작 객체인 後嵯峨院을 대우하는 겸양어 용법의 「致す」로 분석이 가능하나, 이 「致す」는 경어로의 제 기능을 아직도 완전히 확립하지 못한 단계의 것으로 판단된다.

이상과 같이 겸양 표현에 있어서 교체 형식인 겸양어를 중심으로 사용 실태 및 그 대우성에 관해서 고찰했다. 주요 겸양어의 사용 수와 경의 대상에 대한 도수 분포를 정리하면 <표3>과 같다.

---

70) 龝田定樹(1976) 前揭書 p.424

<表3> 겸양어의 도수 분포

意味	謙譲語	院・天皇		女院		東宮・(内)親王		有明の月		将軍・準后・法親王		関白・太政大臣		公卿		雪の曙		神仏・その他		計
		地	対	地	対	地	対	地	対	地	対	地	対	地	対	地	対	地	対	
言ウ	申す	111	10	22	2	8	1	19	4	5	1	5		19	1	6	1	28	5	248
	聞ゆ	2								1										3
	聞えさす	1																		1
	奏す	6				1														7
聞ク	承る	40	8	7	4			2				1						2	3	68
行ク・出ル	参る	121	31	7	1	10	3	14	1	5	2			2	1			58	16	272
	まかり出づ	10		1																11
アル・イル	侍り	5				1														6
	候ふ	37	1	7	1	1		1		1	2	1						4		56
	参る	7	1	1		1		1										1		12
与エル	参らす	7	4	3				1		1				2				12	2	32
	奉る	1																4		5
受ケル	賜(給)はる	18	8	2				3		1									1	33
	承る	3	1																	4
スル	仕うまつる			2		1	1													4
	致す			1																1

2. 附加形式

1) 보조동사

『とはずかたり』에서는 다른 동사에 접속되어 동작 객체에게 경의를 나타내는 겸양 보조동사로 「ー聞ゆ」・「ー申す」・「ー奉る」・「ー参らす」가 사용되고 있으며, 이들 보조동사의 사용 상황 및 그 대우성에 관해서 살펴보면,

> <34> 明け方近くなれば、(亀山院ハ後深草院ノ)御そばへ返入らせ
> 給て、(後深草院ヲ)おどろかし<u>きこえ</u>給ふにぞ、初めておど
> ろきたまひぬる。　　　　　　　　　　　　　　　(巻三、p.135)

> <35> 言はむや、(私ハ)人倫の身として、いかでか(後深草院ノ)御情
> けを忘れ<u>たてまつる</u>べき。　　　　　　　　　　(巻四、p.209)

> <36> (御深草院ガ)面々に恨み仰せらるるほどに、(公卿達ガ)をのを
> のとかく陳じ<u>申さ</u>るるほどに、　　　　　　　　(巻二、p.68)

> <37> (御深草院ヲ)うち捨て<u>まゐらす</u>べきならねば、御上臥ししした
> る人のそばに寝れば、　　　　　　　　　　　　　(巻一、p.58)

헤이안 시대 궁중 귀족의 일상어로 여성층이 주로 사용한 「聞ゆ」가 본 작품에는 본동사로 사용된 예가 3회 있으며, 「お一申し上げる」라는 의미의 보조동사로는 예문 <34>와 같이 하나 밖에 없어 「ー聞ゆ」의

쇠퇴를 알 수 있다.[71]

「ー奉る」는 헤이안 중기부터 「ー聞ゆ」와 함께 주로 「見る」・「聞く」 및 조동사 「ー(ら)る」・「す」 등에 접속되어 쓰이다가, 중세 이후 「ー申す」와 「ー参らす」에게 밀려 문장어로서의 명맥만을 유지하는 경어였다.[72] 높임의 정도에 있어서는 <35>「奉る」의 경우처럼 後深草院을 대우하고 있어 매우 높다고 할 수 있다.

<36>의 「ー申す」는 「ー奉る」와 마찬가지로 본동사(陳じる)의 동작 객체(後深草院)를 대우하는 겸양어 용법으로 사용된 보조동사이다. 「ー聞ゆ」가 헤이안 시대에 일시적으로 많이 쓰이게 된 것에 비하여 유의어인 「ー申す」는 중고기와 중세에 걸쳐 사용되었다.

「ー参らす」가 보조동사의 용법으로 쓰이기 시작한 것은 헤이안 중기로 추정되며, 「ー聞ゆ」・「ー奉る」・「ー申す」보다 높임 정도는 높으나 그 용례가 적다. 그러나 헤이안 후기 이후 그 사용량이 「ー聞ゆ」를 능가하게 되며 중세에는 많이 사용된다.[73] 본 작품에서도 <37>에서 보는 바와 같이 「ー参らす」가 「ー奉る」・「ー申す」와 마찬가지로 높임의 정도가 높은 겸양 보조동사로 사용되고 있다.

겸양 보조동사 「ー奉る」・「ー申す」・「ー参らす」의 용법상의 특징에 대해 若林(1980b)의 연구에서는 지문에서 신불에게 경의를 나타내는 경우 「ー奉る」가 주로 쓰이고,[74] 「ー参らす」는 여성을 대우할 때 많이

---

71) 稗田定樹(1976, 前掲書 p.256)에서는 헤이안 시대 여성층에 많이 사용되었던 「聞ゆ」가 가마쿠라 시대에는 和文體의 「物語」나 일기 등에 약간의 예만 보이며, 그 사용이 극히 제한적이었다고 지적하고 있다.
72) 中田祝夫 他編(1983)『古語大辞典』小学館 pp.1010-1011
73) 中田祝夫 他編(1983) 上掲書 p.1544
74) 猶よくおどろかして、念仏申させたてまつらんと(私ハ)思て、膝をはた

사용되는 경향이 있다고 한다. 또한 대화문에서 「申す」는 경어 사용자가 남성일 때, 「一奉る」・「一参らす」는 여성일 때 주로 사용하며, 높임의 정도는 「一奉る」가 「一申す」・「一参らす」보다 낮다고 지적하고 있다.[75] 그러나 위상학적 관점으로 보면 각 보조동사의 사용상 특징은 부분적으로 인정되나, 각 보조동사의 높임 정도는 상기의 지적과는 달리 「一奉る」・「一申す」・「一参らす」의 사용 분포가 모두 위로는 최고 신분층인 황실 관계자에서 아래로는 공경급 이하의 인물[76]에까지 넓게 분포되어 있어 높임 정도의 경중을 정확히 구분하기 어렵다.

　　겸양 보조동사의 사용 상황은 <표4>에서 보는 바와 같이 「一聞ゆ」가 1회, 「一申す」가 27회, 「一奉る」가 69회, 「一参らす」가 122회로 가장 많이 사용되고 있다.

らかしたるに、(巻一、p.27)
75) 若林俊英(1980b) 前掲書 p.54
76) 작자가 수행 길에서 만난 여인에게도 「一申す」를 사용한 예가 있다.
　　(私ガ由アル女ニ)「土佐の足摺の岬と申す所がゆかしくて侍時に、それへ参るなり。帰さに、尋ね<u>申さ</u>む」と契ぬ。(巻五、p.216)

<표4> 겸양어 형식(보조동사)의 도수 분포

意味	対象 / 謙譲語	皇族												公卿				神仏・その他		計
		院・天皇		女院		東宮・(内)親王		有明の月		将軍・準后・法親王		関白・太政大臣		公卿		雪の曙				
		地	対	地	対	地	対	地	対	地	対	地	対	地	対	地	対	地	対	
補助動詞	一聞ゆ	1																			1
	一申す	12	1	2		1		2	1							1		4	3	27
	一奉る	22	10	3		3		4	1	4				1				15	6	69
	一参らす	52	17	15	1	4		10	1	5	2	1		1				10	3	122

2) 접사

　겸양 표현에 사용되는 한어계의 접두어로는 和漢混淆文에 많이 사용되었던 「愚一」・「小一」・「微一」・「拝一」・「寸一」・「拙一」・「弊一」가 있으나, 『とはずがなり』에서는 <38>・<39>와 같이 몇 가지 용례에만 쓰였다.

　　<38> 返さには、そのわたり近き少家77)を借りて宿るに、
　　　　　　　　　　　　　　　　　　　　　　　　　　　　(巻四、p.199)

　　<39> 拝礼など果てて後、局へすべりたるに、　　　　(巻一、p.4)

---

77) 福田秀一(1978, 前掲書 p.265)에서는 「少家」는 「小家」의 誤字로 보고 있다.

또한 겸양을 나타내는 접미어로는 「—ども」・「—ら」 등을 들 수 있으나, 본 작품에는 존자에 관한 것(<40>), 사물에 관한 것(<41>), 자경 표현(<42>)에 함께 쓰이고 있어 겸양의 의미는 없고 단순히 복수를 나타내는데 사용되고 있다.

> <40> (後深草院ガ斎宮ノソバニ)小さらかに這ひ入らせ給ぬる後、
> いかなる御事<u>ども</u>かありけん。　　　　　　　（巻一、p.58）

> <41> 薬<u>ども</u>あまた給はせなどするも、いと恐ろし。
> 　　　　　　　　　　　　　　　　　　　　　　　（巻一、p.50）

> <42> (後深草院)「さる事なれども、出仕の人などにてもなし。それ
> <u>ら</u>まで仰せられ候はん事、余りに候。（後略）」
> 　　　　　　　　　　　　　　　　　　　　　　　（巻二、p.71）

이상과 같이 本節에서는 겸양 표현을 각각 교체 형식과 부가 형식으로 나누어 고찰했다.

먼저 교체 형식인 겸양어에 대해 사용 상황 및 특징을 정리하면 다음과 같다.

1) 언어 행동을 나타내는 것으로는 「言ウ」의 겸양어로 「聞えさす」・「聞ゆ」・「申す」가 있으나 「申す」의 사용이 압도적이다. 그러나 「聞ゆ」가 본동사 용법으로 3회, 보조동사로 1회만 나오고 있어서 「聞ゆ」의 쇠퇴를 볼 수 있다. 또한 본 작품의 지문에서는 「申す」 의 중세적 특징인 「辞退申す」(4회), 「祈誓申す」(3회), 「祈誓し

申す」(1회)와 같은 형식이 보이기 시작했다. 「言ウ」의 겸양어로는
「申す」외에 「奏す」・「啓す」가 있으나, 본 자료에서는 「奏す」만
7회 사용되고 있다. 이 「奏す」는 천황이나 최고 신분에 한해서만
사용되고 있어 절대적 경어 성격이 강하다. 「聞ク」의 겸양어로는
「承る」도 지문과 대화문에서 많이 사용되고 있으며, 그 높임 정도
도 대체로 높은 편이다.

2) 이동을 나타내는 겸양어로 「参る」・「まかり出づ」가 쓰이고 있으
며, 「参る」는 동작 주체가 이동하는 도착점에 있는 존자나 대상을
대우하고 있다. 청자를 대우하는 용법으로 쓰인 「参る」의 용례는
본 작품에서 아직 보이지 않는다. 그러나 「参る」는 「行ク」의미 외
에도 「サシアゲル」라는 의미와 「飲食スル」의 존경어로 사용되고
있어 그 용법이 다양하다. 「まかり出づ」는 11회 모두 겸양어 용법
으로 쓰이며, 「参る」와는 반대로 동작 주체가 이동하는 출발점에
있는 동작 객체에게 경의를 나타내는데 사용되고 있다.

3) 존재 관계를 나타내는 것으로는 「アリ」・「オリ」의 겸양어인
「侍り」・「候ふ」가 있다. 겸양어 용법으로 쓰인 「侍り」는 지문
과 대화문에서 그 예가 드물며, 지문에 쓰인 「候ふ」가 「伺候す
る」라는 의미의 겸양어 용법으로 많이 사용되고 있다.

4) 수수 관계를 나타내는 것으로는 「与エル」의 겸양어인 「参る」・
「参らす」・「奉る」가 있으나, 「参らす」가 대표적으로 쓰이고 있
다. 그리고 「モラウ」의 겸양어로는 「賜(給)はる」・「承る」가 있
는데, 「賜(給)はる」는 중세적 용법인 「与エル」의 존경어로 쓰인
예가 있다.

5) 봉사 관계를 나타내는 것으로는 「奉仕スル」라는 의미의 「任うま
つる」가 겸양어 용법으로만 4회 사용되고 있으나, 본 자료에는
「仕うまつる」가 대자 경어로 쓰인 예는 없다. 또한 「スル」의 겸
양어로 「致す」가 1회 쓰이고 있으나, 경어로서의 제 기능을 아직
도 완전히 확립하지 못한 단계의 것으로 판단된다.

겸양 표현을 나타내는 부가 형식에 있어서는

1) 겸양어 형식의 보조동사로는 「ー聞ゆ」·「ー申す」·「ー奉る」·
「ー参らす」가 본 작품에 사용되고 있으나, 「ー聞ゆ」는 1회 밖에
없어 그 쇠퇴를 알 수 있다. 각 겸양 보조동사의 높임의 정도는
이들 경어의 대우 대상이 넓게 분포되어 있어서 서로간의 경중을
구분하기는 어렵다. 다만 위상학적인 면에서 보면 대화문에서는
경어 사용자가 남성일 때 「ー申す」를, 여성일 때는 「ー奉る」·「ー
参らす」를 사용했으며, 지문에서는 신불에게 경의를 나타내는 경
우 「ー奉る」를, 여성을 대우할 때는 「ー参らす」를 사용하는 특징
이 있다. 겸양 보조동사의 전체 사용량을 비교해 보면 「ー申す」·
「ー奉る」보다 「ー参らす」의 사용 빈도가 압도적으로 많다.

2) 겸양 표현에 쓰이는 한어계 접두어로『とはずがたり』에는 「小ー」
(小家)·「拝ー」(拝礼)와 같은 용례가 있고, 이밖에 「ーども」·
「ーら」 등의 용례가 있으나 겸양의 의미는 없고 단순히 복수를
나타내는데 사용되고 있다.

第三章
對者 敬語

宮地(1981)의 연구에서는 각 시대에 따른 경어 어휘의 종류별 발달 과정을 다음과 같이 정리하고 있다.

<표5> 경어 어휘별 발달사[78]

敬語 時代	尊敬語	謙讓語	丁重語	丁寧語	美化語
上代	○	○	×	×	×
中古	○	○	○	△	×
中世	○	○	○	○	△
近世	○	○	○	○	○
現代	○	○	○	○	○

<표5>에서 보는 바와 같이 「尊敬語」・「謙讓語」 용법으로 쓰인 경

---

78) 宮地裕(1981) 「敬語史論」『講座日本語学9. 敬語史』明治書院 p.12

어 어휘는 상대에서 현대에 이르기까지 지속해서 사용하고 존재한 반면, 청자에게 경의를 나타내는 對者 敬語라 할 수 있는「丁重語」・「丁寧語」・「美化語」용법으로 쓰인 경어 어휘의 경우, 상대에는 그 사용이 보이지 않는다. 중고기에 와서 겸양어 용법으로 쓰인 일부 경어가 정중어 용법으로 쓰이기 시작했으며, 비로소「丁寧語」의 사용도 시작된다. 중세가 되면 중고기에 발생한 대자 경어는 한층 더 발달하게 되어「존경어」・「겸양어」용법으로 쓰인 경어 어휘와 더불어 중세 전반에 걸쳐서 사용된다. 더욱이 이 시대에는 <표5>와 같이「美化語」의 발생도 인정되어 근대 경어에 접근하는 면모를 갖추게 된다. 중세는 경어사에 있어서「존경어」・「겸양어」용법을 가진 경어를 상대・중고기를 계승하면서, 다른 한편으로는 대자 경어인「丁重語」・「丁寧語」용법을 가지는 경어가 활발하게 사용된 점에서 앞 시대와 그 성격을 달리한 시기라 할 수 있다.

중세를 앞 시대와 비교하여「丁重語」・「丁寧語」용법을 가지는 경어가 발달한 시기라 규정했는데, 여기서 말하는「丁重語」란「話題のものごとの表現をとおして、話し手が聞き手への敬意的配慮を表わす敬語」[79]로, 본서에서는 鄭重語라 한다[80]. 중고기의 경어로는「侍り」・「給ふ」(下二段)・「申す」・「まかる」・「つか(う)まつる」등이 있다. 중세가 되면, 중고기의「申す」・「まかる」・「つか(う)まつる」는 계승 발전하여 대자 경어로 활발히 사용되나,「侍り」와「給ふ」(下二段)는 쇠퇴의 길을 걷는다. 아울러 비경어였던「致す」와「存ず」가 정중어 용법으로

---

79) 宮地裕(1971) 前掲書 pp.284-288
80) 본서에서는 鄭重語를 청자를 대우하기 위한 수단으로 동작 주체를 낮추는 기능이 인정되는 것에만 한정시킨다.

쓰이게 된다.「丁寧語」는 「話し手がもっぱら聞き手への敬語的配慮
を表わす敬語」[81]를 말하며, 중세를 대표하는 경어로는 「候ふ」를 들 수
있고, 본서의 분류로는 對話語가 여기에 속한다.

중고기에는 미 발달 혹은 부분적 발달 밖에 하지 못했던 대자 경어가
중세에 와서 정착하게 된 것은 앞 시대와 비교해서 획기적인 일이라 할
수 있다. 중세에 이러한 현상이 일어나게 된 가장 큰 이유는 경어 의식의
변화 때문이다. 상대·중고기는 객관적·고정적인 신분 계급에 의한 절
대적 경어 사용이 중세가 되면 대화의 場에서 화제속 인물에 대한 경어
가 청자에 대한 배려로 변동된다. 따라서 청자에게 사교적인 인간 관계
의 배려를 나타낼 수 있는 상대적 경어를 필요로 하게 된다.[82] 중세라는
시대의 현실이 가마쿠라 막부, 그리고 무로마치 정권이 절대적 지배 권
력을 가지고 무사 계급을 정점으로 한 신분 제도의 시대임에도 불구하
고, 어떠한 이유 때문에 그리고 어떤 과정을 거쳐서 이러한 청자를 대우
하는 경어 의식이 성립되었는가에 대해서는 아직도 충분히 규명되지 않
고 있다. 중세는 일반적으로 전란의 시대 혹은 하극상의 시대였기 때문
에 필요 이상으로 민감한 인간 관계를 유지시키기 위한 수단으로 청자를
대우하는 경어가 발달하게 되었다는 지적도 있지만, 그것을 증명할 수
있는 구체적인 자료를 제시하지 못하고 있는 실정이다. 때문에 이러한
문제를 해결하기 위해서 앞에서 제시한 대자 경어로 사용되는 경어를
재음미할 필요가 있다. 대자 경어로 쓰는 경어는 상대·중고기에는 겸양
어 용법으로 사용된 것이 대부분이었다.[83] 그리고 이들 경어는 兩 用 法

81) 宮地裕(1971) 前揭書 pp.284-288
82) 宮地裕(1981, 前揭書 pp.14-15)에서는 중세를 신분 경어에서 사교 경어로
　　변천해 가는 이행기로 규정짓고 있다.

을 걸쳐 겸용되고 있기 때문에 똑 같은 경어라 할지라도 겸양어 용법으로 쓰인 것도 있고, 대자 경어로 쓰인 경우도 있다. 따라서 새로운 용법 변화를 파악하기 위해 本章에서는 『とはずがたり』에서 대자 경어로 사용되고 있는 「申す」를 비롯해 이러한 용법으로 쓰이고 있는 「罷る」・「まうで来」・「侍り」를 중심으로 그 사용 상황 및 분석을 통해 이들 경어가 가지는 대우성에 관해서 고찰한다.

第一節   謙讓語의 用法 變化 (1)

1. <申す>

<1> (久我大納言ガ後深草院ニ) 「又内々の御事にも、その数にてこそ」と申されけれども、(後深草院ハ) 「此度は九三にてあるべし」と仰せありて、   (巻一、p.3)

<2> 心得ずおぼえて、御所へ持ちて参りて、(私ガ後深草院ニ)「(祖父ガ)かく申て候。何事ぞ」と申せば、ともかくも御返事なし。
                    (巻三、p.151)

<3> (後深草院ガ東二条院ニ) 「(前略) されば、今までもかの家、女子は宮仕ひなどは望まぬ事にて候を、母、奉公の者なりと

83) 존경어 표현 형식에 있어서 「御ーあり」와 같은 것은 중세말에 어형 전성을 거쳐 대자 경어로 쓰이게 된다.

て、「その形見に」など、(久我大納言ニ)ねんごろに申て、幼
少の昔より召し置きて侍也。さだめて、そのやうは御心得候
らむとこそおぼえ候に、今さらなる仰せ事、存のほかに候。
(下略)」 (巻一、p.63)

<4> (私ガ隅田川近クデ出合ッタ男達ニ)「このわたりに、隅田川と
いふ川の侍るは、いづくぞ」と問へば、(男達)「これなん、そ
の川なり。この橋をば須田の橋と申侍。昔は橋なくて、渡し
舟にて人を渡しけるも、わづらはしくとて、橋出で来て侍。
(中略) 賎が言わざには、須田川の橋とぞ申侍。この川の向か
へをば、昔は三芳野の里と申けるが、賎が刈り干す稲と申物
に、身の入らぬ所にて侍けるを、(中略)」など語れば、

(巻四、p.187)

<1>「申す」의 동작 주체는 작자 二條의 아버지인 久我 大納言이
고, 그 동작을 받는 객체는 後深草院이다. 이것은 표현 주체인 작자가
화제속 인물의 신분 관계를 「申す」의 동작 주체 <하위>・객체 <상위
>라는 관계를 인식하고,[84] 그 상위자인 「申す」의 동작 객체 後深草院
을 대우하기 위해 하위자인 久我 大納言의 「言ウ」행위를 「申す」로 나
타낸 것이라 할 수 있다. 경의의 방향이 화제속 인물인 동작 객체에 있는
것으로 전형적인 겸양어 용법의 「申す」이다.

그런데 『とはずがたり』에는 화자가 동작 주체 <하위>・객체 <상
위>라는 관계의 인식하에서 표현된 것이라고 인정 할 수 없는 「申す」

---

84)「申す」의 동작 객체인 後深草院에 대해 「仰せあり」등의 존경이 표현을
하고 있어서 작자의 인식으로도 後深草院이 상위자임을 알 수 있다.

표현이 있다.

예문 <2>는 작자 二條의 조부를 「申す」의 동작 주체로 하고, 二條를 동작 객체로 하는 「言ウ」행위에 사용된 「申す」표현이다. 그러나 이것을 화자가 「申す」의 동작 주체 <하위>・객체 <상위>라는 관계를 인식하고, 그 객체에게 경의를 나타내는 <1>과 같은 겸양어 용법으로 쓰인 「申す」로는 볼 수 없다. 왜냐하면 이 「申す」의 동작 객체는 二條이기에, 만일 자기 자신에게 경의를 나타내는 표현을 쓴다면 자경 표현이 되어 버리기 때문이다. 화자인 二條는 자기 경어를 사용할 수 있는 신분이 아닐 뿐만 아니라, 二條와 청자인 後深草院과의 신분상 상하 관계는 큰 차이가 있다. 이러한 절대적 상위자인 청자 後深草院에게 자기 자신을 높게 표현하는 것은 불가능하다. 즉, <2>의 「申す」는 청자인 後深草院에 대한 배려로서 「申す」의 동작 주체인 조부를, 화자는 자신 쪽의 인물로 인식하고 겸손하게 낮추어 표현함으로서 청자에 대한 경의를 나타내는 것으로, <1>의 「申す」와는 같은 대우성을 가지는 것이 아니다.

<3>에 있어서 「申す」의 동작 주체는 화자인 後深草院이며, 동작 객체는 작자의 아버지인 久我 大納言이다. 여기에 사용된 「申す」도 「申す」의 동작 객체인 久我 大納言에 대한 대우 표현으로는 볼 수 없다. 객관적으로 보아도 「申す」의 동작 주체는 동작 객체에 대해서 절대적인 상위자이며, 청자인 東二條院보다 하위에 있는 久我 大納言을 화자인 後深草院이 높이 올려서 경의를 표시한다는 것은 불가능하다. 따라서 이것도 <2>의 「申す」와 같이 청자를 경의의 대상으로 대우한 것으로 「申す」의 동작 주체인 화자가 자신의 「言ウ」행위를 낮추어서 표현한 것

으로 볼 수 있다. 다만 예문 <3>에 있어서 객관적 신분 관계는 화자가 청자보다 상위, 혹은 적어도 동등 관계에 있다. 이러한 화자·정자산의 관계에 있어서 화자가 동작 주체인 자기 자신을 낮추어 나타내는「申す」표현이 과연 가능할까라는 의문이 남는다. 그러나 이 부분은 작자 二條와 後深草院과의 사이를 질투하는 東二條院에 대해 後深草院이 변명을 하는 부분이다. 문맥 중에 화자인 後深草院이 청자인 東二條院에 대해 존경어·겸양어로 대우할 뿐만 아니라 대화어「候ふ」를 많이 사용하고 있는 점을 미루어 볼 때, 화자가 청자에 대해 매우 공손한 자세로 대우하고 있다. 따라서 이「申す」도 <2>의「申す」와 같은 용법의 것으로 판단된다.

<4>의「申す」는 동작 객체인 존경받는 인물의 관위나 신분, 또는 신성한 장소나 대상 등에 사용하는「人々が~と申しあげる」[85]라는 의미의 겸양어 용법의「申す」와는 다르다. 겸양어 용법의「申す」는「申す」의 농작 객체가 존경의 대상이 되는 인물이나 장소인데 반해, <4>「申す」의 동작 객체는 경의를 나타낼 필요가 없는「橋」·「里」·「稲」와 같은 대상이다. 예문 <4>는 청자인 작자에 대해 화자인 수행 길에서 만난 남자들이「侍り」를 사용하는 것으로 보아서도 알 수 있듯이 매우 정중한 대우를 하고 있다. 따라서 <4>의「申す」는 그 경의의 대상이「橋」·「里」·「稲」에 있는 것이 아니라, 청자인 작자를 대우하기 위해서 사용된 것이라 할 수 있다.

<1>의「申す」와는 달리, 화자의 경의 방향이 청자에게 있는 이와

---

85) 京極の女院と里は、実雄の大臣の御娘、当代の后、皇后宮とて、(巻　、p.30)

같은 「申す」의 용법 발생은 중고기부터라 할 수 있으나, 일반적으로 사용된 것은 중세부터이다. 그리고 이러한 용법의 「申す」는 <2>∼<4>에서 보는 바와 같이 대화문이나 서간문에 많이 쓰였다. 본서에서는 이러한 종류의 「申す」를 청자에게 경의를 나타내기 위해서 화자가 자신에 관한 화제를 낮추어 겸손하게 나타내는 경어로 규정하고, 겸양어와는 別種인 정중어로 분류한다.86)

이상과 같이 『とはずがたり』에는 대화의 場에서 중고기 이후에 청자를 대우하는 새롭게 발생한 정중어 용법의 「申す」가 자주 출현하고 있다.

2. <罷る>

「まかる」는 원래 존자(지배자, 절대자)가 존재하는 장소로부터 퇴출하거나, 조정의 명을 받들어 지방으로 가다」87)라는 의미로 쓰여졌다. 이 경우 화자는 이동하는 주체의 출발점을 기준으로 해서 거기에 있는 대상이나 존자(동작 객체)를 경어 사용의 배려 대상으로 파악하여 대우하는 겸양어 용법으로 사용된 경어이다. 그러나 「まかる」는 중고기에 와서 이러한 본래의 용법으로 사용되는 예가 거의 없고, 대화문에서 화자가 청자에 대한 경의적 배려를 나타내기 위해 이동하는 동작 주체의 「行く」행위를 겸손하게 낮추어 표현하는 정중어 용법으로 주로 사용된다. 『とはずがたり』에 있어서도 객체 존경인 겸양어 용법의 「まかる」는 <5>의 예

---

86) 정중어 용법이 성립하기 위해서는 화자가 동작 주체를 낮추어야 하며, 또한 화제도 화자 자신이나 화자 측에 관한 것이어야 한다.

87) くらもちの皇子は、心たばかりある人にて、おほやけには「筑紫の国に、ゆあみにまからむ」とて暇申して、(『竹取物語』[蓬莱の玉の枝])

와 같이

<5>　明け行鐘に音を添へて、(前斎宮ガ後深草院ノ所カラ)まかり出
　　給し後朝の御袖は、よそも露けくぞ見え給し。　　(巻一、p.64)

「まかり出づ」라는 복합어 형태로 쓰이고 있다. 그러나 대화문에 사용
된 「まかる」는 앞의 「申す」<2>～<4>와 같이 청자에 대한 경의를
나타내는 경어로 다음과 같이 사용되고 있다.

<6>　さても、夢の面影の人、「わづらひ、なほ所狭し」とて、思ひか
　　けぬ人の宿所へ呼びて、見せらる。(私ガ曙ニ)「五月五日
　　は、たらちめの跡弔ひにまかるべきついでに」と申しを、
　　　　　　　　　　　　　　　　　　　　　　　　(巻二、p.106)

<7>　(家人ガ私ニ)「(前略)(曙ノ使イガ家人ニ)「さては、ゆゆしき御
　　通ひ路に成ぬべし」と言ひて、この茨の元を、刀して切りてま
　　かりぬ」と言へば、　　　　　　　　　　　　　(巻一、p.33)

<8>　坊主泣く泣く、「我を捨てて、いづくへ行くぞ」と言ふ。小法
　　師、「補陀落世界へまかりぬ」と答ふ。　　(巻五、p.216)

<9>　(後深草院ガ東二条院ニ)「(前略)従ひて、後の世の障りなく思ひ
　　置くよしを申て、(久我大納言ハ)まかり候ぬ。(下略)」
　　　　　　　　　　　　　　　　　　　　　　　　(巻一、p.62)

<6>・<7>의「まかる」표현은 이동하는 동작 주체의 출발점에 있는 존자나 대상이 분명치 못하다. 즉, <6>「まかる」의 경우는 동작 주체의 출발점은 불분명하고, <7>「まかる」의 경우는 동작 주체의 출발점이 대우의 대상이 되는「御所」나 존자에 있는 것이 아니라, 일반적인 장소(「四条通りのすみ」)이다. 따라서 이들은 겸양어 용법의「まかる」가 아니며, <6>「まかる」의 경우는 동작 주체인 화자가 자신의「行く」행위를 겸손하게 낮추어 표현함으로 청자인「雪の曙」에 대한 경의를 나타내기 위한 것이다. 마찬가지로 <7>「まかる」도 청자인 二條를 경의 대상으로 하여「まかる」의 동작 주체(雪の曙の使い)를 낮추어 표현한 것이라 할 수 있다.

<8>의「まかる」는「이 세상을 떠나 저승으로 가다」라는 의미로 <6>~<7>의「まかる」와는 語義가 다른 것처럼 보이나,「まかる」의 동작 주체의 출발점인 이 세상을 대우하는 표현이 아니며, 청자를 대우한다는 점에서 <6>~<7>의「まかる」와 별 다른 용법상의 차이점이 없다. <9>의「まかる」도 화자인 後深草院이「まかる」의 동작 주체인 久我 大納言을 자기 쪽 인물로 파악하고 낮추어 표현함으로 청자인 東二條院에 대한 경의를 나타내기 위한 용법으로 쓰이고 있다. 이와 같이 『とはずがたり』의 대화문에서는「まかる」가 청자를 대우하는 정중어 용법으로 사용되고 있다.

3. <まうで来>

「まうで来」는 동작의 방향성에 있어서「まかる」와 대칭적 성질을 가

지는 경어로 화자가 동작 주체의 도착점을 기준으로 거기에 있는 존자나 대상을 대우하는 것이 본래의 용법이다.[88]

그러나 中古期 이후에는 「まうで来」가 겸양어 용법으로 쓰인 예는 적고, 「まかる」와 마찬가지로 대화문에서 「まうで来」의 동작 주체를 낮추고 겸손하게 표현함으로 청자에 대한 경의적 배려를 나타내는데 사용됐다. 『とはずがたり』에는 「まうで来」가 地文에 1회, 대화문에 1회씩 나오고 있는데 대화문에 쓰인 예를 보기로 한다.

> <10>　御姆が母伊予殿(私ニ)「あな珍し。御所よりこそ、「これにや」
> 　　　 とて、度々御尋有しか。清長も(ココニ)度々<u>まうで来</u>し」など
> 　　　 語るを聞くにも、　　　　　　　　　　　　　　　　　(巻二、p.104)

<10> 「まうで来」의 동작 주체인 清長(기요나가)가 이동하는 도착점은 화자인 伊予(이요)의 집이 된다. 만일 화자가 「まうで来」의 동작 주체의 도착점인 자기 집을 대우하기 위한 것이라면, 이 「まうで来」는 자기 스스로에게 경의를 나타내는 자경 표현이 되고 만다. 그리고 이 「まうで来」를, 화자가 「まうで来」의 동작 주체인 清長의 도착점에 있는 청자 二條를 동작 객체로 파악하여 이를 대우하기 위해 사용된 것(겸양어 용법)으로 볼 수도 있다. 그러나 이 시대에는 이러한 용법에 쓰이는 표현으로 일반적으로 「参る」가 있으며,[89] 「まうで来」는 거의 사용하지 않기 때문에 이 「まうで来」는 화자가 대화의 場에 있는 청자를 대우하

---

88) 東の方より京へ<u>まうで来</u>とて、道にて、よめる。(『古今和歌集』[羈旅])
89) 如月の初めつ方になりぬれば、今は時を待つ御さまなり。九月にや、
　　両六波羅、御訪ひに<u>参る</u>。(巻一、p.17)

기 위한 것으로 판단된다. 중고기 이후 대화문에 많이 사용되는 전형적
인 정중어 용법의 「まうで来」라 할 수 있다.

4. <侍り>

「侍り」는 원래 절대자의 지배하에 예속하는 것으로 삼가 존재한다라
는 의미의 겸양어로 사용된 경어였다. 헤이안 초기 「侍り」의 대우성은
장면 상관도가 현저하게 높아져 피지배적 대우로서의 겸양 표현에서 청
자에 대한 대우 표현으로 용법 변화가 일어난다. 주로 대화문에 많이
사용되었던 「侍り」는 그 사용 유무에 따라서 대화문인가 지문인가를 구
별할 정도로 이 시기에는 대화어로서의 전성기를 맞이하게 된다.

우선 헤이안 시대 「侍り」의 대우성에 관해서 살펴보면 <11>·
<12>와 같다.

> <11> (或ル男が御匣殿ノ女房タチニ)「あからさまにものにまかりた
>   りしほどに、侍る所の焼け侍りにければ、
>   (『枕草子』〔三一四〕)90)
>   (a)   (b)

> <12> (源氏、従臣ノ惟光ニ夕顔ノ急死ヲ語リ、善後策ヲ相談スル)
>   (惟光)「(前略) まづいとめづらかなることにも侍かな。かねて
>   例ならず御心地ものせさせ給ことや侍つらん」(源氏)「さるこ
>   ともなかりつ」とて泣きたまふさま、いとをかしげにらうた
>   く、(中略) (惟光)「はや、御馬にて二条院へおはしまさん。人
>   さわがしくなり侍らぬほどに」とて、(『源氏物語』〔夕顔〕)91)
>   (e)

---

90) 池田亀鑑・岸上慎二 校注(1958)『日本古典文学大系 枕草子』岩波書店

앞에서 서술한 정중어인 <2>∼<4>의 「申す」와 <6>∼<9>의 「まかる」, <10>의 「まうで来」를 정리하면 다음과 같은 용법상의 특징이 있었다.

1) 화자는 청자와의 관계를 고려하여 화제를 낮추어 표현함으로서 청자에게 경의를 나타낸다. 이 경우, 화제의 인물은 하위자이며 청자는 상위자라는 상하 관계가 형성된다.

2) 화제는 화자 자신이나 화자측에 관한 사항에만 한정된다.

3) 1)의 파생적 성질로 존경어에는 접속하지 않는 것을 원칙으로 한다.

<11>・<12> 「侍り」(a)∼(e)의 대우성을 정중어 용법의 성질인 1)∼3)에 적용시켜보면, 「侍り」(a)・(b)는 정중어 용법 1)∼3)까지의 조건을 만족시키고 있다. 그러나 (c)・(e) 「侍り」의 경우는 화제가 반드시 화자측에 관한 것이라고 보기 힘들기 때문에 2)의 조건을 만족시킬 수 있을지는 의문이다. 다만 夕顔(유가오)의 죽음이 「いとめづらかなること」라고 하는 것은 화자인 惟光(고레미쓰)의 판단이다. 또한 「人さわがしくなり」도 源氏(겐지)의 귀가를 설득하는 이유의 하나로 화자인 惟光가 제기한 것이므로 화자측에 속하는 화제로 볼 수 있다.

(d)의 「侍り」는 존경 표현인 「ものせさせ給ふ」와 함께 사용하고 있으나, 존경어와 「侍り」사이에 비경어인 「こと」가 介在되어 있어 정중어 용법인 3)에 적용된다고 볼 수 있다.

---

91) 柳井 滋 他校注(1993) 『新日本古典文学大系 源氏物語』 岩波書店

이와 같이 헤이안 시대의 「侍り」는 대화문에는 사용되나, 중세에 많이 쓰여진 「候ふ」와 같은 완전한 대화어[92] 라고 할 수는 없다. 다만 「侍り」(c)~(d)의 경우는 정중어 용법인 2)의 성질이 매우 미약하다는 점에서 대화어 용법에 상당히 접근하는 「侍り」로 인정할 수 있다.

『とはずがたり』에도 「侍り」의 중고기 용법을 계승하는 예가 <13>・<14>와 같이 보인다.

> <13> (久我大納言ガ後深草院ニ) 「かかる御幸のうれしさも置き所なきに、この物が心苦しさなむ、思やる方なく侍る。母には二葉にておくれにし、我のみと思ひはぐくみ侍りつるに、ただにさへ侍らぬを見置き侍なん、あまたの愁へにまさりて、悲しさもあはれさも、言はん方なく侍」よし、泣く泣く奏せらるれば、　　　　　　　　　　　　　(巻一、p.24)

> <14> さるほどに、隆顕申すやう、「祖父、叔父などとて、咎を行なはれ候、みな外戚に侍る。伝へ聞く、いまだ内戚の祖母侍るなり。叔母、又おなじく 侍る。これに、いかが仰せなからん」

---

92) 대화어의 용법상 특징은 1) 화자와 청자간의 상하 친소의 인간 관계만을 인식하여 표현 한다. 2) 화제는 존자나 혹은 비인격적인 사물에 관한 것이라도 아무런 제약이 없다. 3) 존경어에도 자유롭게 접속될 뿐만 아니라, 또한 명령형도 가능하다.『とはずがたり』에서 대화어의 전형인 「候ふ」의 사용례를 보면,
(1) 馬道に候真清水、「子細候。通しまゐらすまじ」とて、(巻二、p.68)
(2) (私が公卿達ニ)「これ、身として思ひ寄らず候。十五日に、余りに御所、強く打たせおはしまし候のみならず、(下略)」(巻二、p.69)
(3) (有明ノ月ガ私ニ)「しばし、それに候へ」と仰せらるれば、(巻二、p.73)
와 같이, (1)에서는 사물에 (2)는 존경어에 (3)에서는 명령형에 「候ふ」가 사용되고 있다.

と(後深草院ニ)申さる。　　　　　　　　　　　　(巻二、p.71)

　예문 <13>은 작자의 아버지인 久我 大納言이 문병을 온 後深草院에게 자신의 심정을 토로하며, 두 살 때 부인을 잃고 혼자서 키운 딸을 두고 세상을 떠나야 하는 슬픔과 걱정으로 자기 딸의 장래를 부탁하고 있는 장면이다. 객관적인 신분의 상하 관계를 볼 때, 화자인 久我 大納言은 하위자이며 청자인 後深草院은 상위 관계에 있다. 상위자인 청자를 대우하기 위해서 화자가 자신의 동작이나 자기 자식에 관한 화제를 낮추어서 정중하게 표현하는데 「侍り」를 사용하고 있다.

　<14>는 「粥杖事件」으로 작자 二條의 죄상을 묻는 자리에서 二條의 외척뿐만 아니라, 조모와 숙모에게도 배상을 물어야 한다고 善勝寺(젠쇼지) 大納言이 後深草院에게 진언하는 부분이다. 화자인 善勝寺 大納言은 작자 二條의 외삼촌에 해당되는 인물이며, 화제 속의 인물인 작자의 조모나 숙모는 바로 자신의 친척이 되는 사람들이다. 즉, 화자 자신측에 해당되는 인물인 것이다. 화자는 청자인 後深草院을 대우하기 위해 「侍り」를 사용했다.

　따라서 <13>・<14> 「侍り」의 대우성은 화자 자신, 또는 화자 측의 동작이나 인물 등의 존재를 낮추어 정중히 표현함으로 청자를 대우하는데 있다고 볼 수 있다. 이러한 점에서 <13>・<14>의 「侍り」는 헤이안 시대 대화문에 많이 쓰였던 「侍り」와 같은 대우성을 가진다고 볼 수 있다.

　대화문에 사용된 다른 「侍り」의 예를 보기로 한다.

<15> 築地の上へ遣ひ行て、元の太きがただ二本あるばかりなる
　　　を、「この使ひ見て、「ここには、番の人侍るな」と言ふ
　　　に、（下略）」　　　　　　　　　　　　　　　　（巻一、p.33）

<16> (私が男達ニ)「このわたりに、隅田川といふ川の侍なるは、い
　　　づくぞ」と問へば、　　　　　　　　　　　　　（巻四、p.187）

<17> あな悲しと思ほどに、(乳母ガ私ニ)「「秋の夜長く侍。弾某し
　　　などして遊ばせ侍らむ」と、御父申。入らせ給へ」と、訴訟顔
　　　になりかへりて言ふさまだに、いとむつかしきに、
　　　　　　　　　　　　　　　　　　　　　　　　　（巻一、p.36）

　<15>의「侍り」는 화자 측 인물이 아닌 제삼자의 존재를 나타내는데
사용된 것이며, <16>의「侍り」는 비인격적인 사물의 존재에 대한 일
반적인 서술에 쓰여진「侍り」라 할 수 있다.

　그리고 <17>의 경우는「侍り」가 존경어인「遊ばす」에 접속되어 있
으며, 이「遊ばす」의 동작주는 화자가 아닌 청자이다. 이「侍り」는 제삼
자의 동작 행위에 표현되어 있어 중고기의「侍り」와는 다른 대우성을
가진다고 할 수 있다.

　<13>・<14>의「侍り」가 청자를 대우하기 위해서 화제 속의 동작
주체를 낮추어 정중히 표현하는데 반해, 이들 <15>~<17>의「侍り」
는 이러한 화제에 대한 낮춤은 없고 다만 청자만을 대우하는데 그 특징
이 있다. 이것은 중세에 대화문에 많이 사용된「候ふ」와 같은 대화어
용법의「侍り」라 할 수 있으며, 작품 전반에 걸쳐 대화문에 자주 나오고
있다.

이상과 같이『とはずがたり』에는 본래 겸양어 용법으로 쓰였던「申す」・「罷る」・「まうで来」・「侍り」가 중고기 이후에 새롭게 발생하는 청자를 대우하는 대자 경어로 많이 사용되고 있다.

이밖에 겸양어 용법에서 청자를 대우하는 경어로 용법 변화가 인정되는 것으로「つかまつる」[93]・「参る」・「致す」・「存ず」등이 있으나, 본 작품에서 아직 이러한 용법 변화는 보이지 않는다. 이들 경어는 중세 후기가 되면, 能나 狂言 등의 대화문에 많이 보이기 시작하며 대자 경어로 그 용법을 확립해 간다.

第二節 謙讓語의 用法 變化 (2)

1. <申す>

<1> 夜もすがら、つひに(私ハ後深草院ニ)一言葉の御返事だに申さで、明ぬる音して、   (巻一、p.7)

<2> あな悲しと思ほどに、(乳母ガ私ニ)「「秋の夜長く侍。弾某しなどして遊ばせ侍らむ」と御父申。入らせ給へ」と、訴訟顔になりかへりて言ふさまだに、いとむつかしきに、

                         (巻一、p.36)

---

93) 聴衆聞程ニ、(老僧)申ケルハ「昨日ハ屎ニスカサレテ下風ヲ仕候。今日ハ下風ニスカサレテ、屎ヲ仕レリ」ト云。(『沙石集』六 [七])

　예문 <1>「申す」의 동작 주체는 二條이고 그 동작을 받는 객체는
後深草院이며, 後深草院에 대한 작자 二條의「言ウ」행위가「申す」로
표현되어 있다. <1>「申す」는 표현 주체인 작자가「申す」의 동작 주체
<하위>·객체 <상위>라는 관계를 인식하고 동작 객체인 상위자 後深
草院을 대우하기 위해 하위자 二條의「言ウ」행위를「申す」로 표현한
것이다. 이「申す」는 상대부터 계승된 전형적인 겸양어 용법이라 할 수
있다.

　<2>는 작자의 유모가 자신의 남편이 말한 내용을 작자인 二條에게
전달하고 있는 부분으로 화자인 유모가 남편의「言ウ」행위를「申す」로
나타내고 있으며,「申す」의 동작 주체는 유모의 남편이 되고 동작 객체는
유모가 된다. 만일, 예문 <1>의「申す」와 같이 이것을「申す」의 동작
객체에게 경의를 나타내는 겸양어 용법으로 본다면, <2>의「申す」는
화자인 유모가 자기 남편을 대우하는 결과가 되어 자경 표현이 되고 만
다. 화자인 유모는 황실의 최고 신분인 천황 등에게만 허용되는 자기
스스로에게 경어 표현을 나타낼 수 있는 신분이 아니다.

　또한 일반적으로 대화문에 있어서 화자가 화제 속의 인물을 대우하기
위한 그 전제 조건으로 청자와 화제 속 인물간의 상하·친소 관계에 대
한 구분이 있어야 한다. 만일 화제 속의 인물이 청자보다 신분 관계에
있어 하위 관계에 있다면, 화자는 화제 속 인물에 대한 경어 표현은 삼가
해야 한다. 예문 <2>「申す」의 동작 주체인 유모 남편과 동작 객체인
유모는 각각 청자인 작자 二條와 상하 신분 관계상 하위에 있기 때문에,
화자는 어떤 형태든 청자에 대해 경의적 배려를 나타내어야 한다. 그러
므로 이「申す」는 화제 속의 인물에 대한 경어 표현이 아니라, 화자의

경의 대상은 청자이며, <1>의 겸양어 용법인「申す」와 동질의 대우성을 가지는 것은 아니다.

<2>의「申す」는 화자가 청자를 대우하기 위해서「申す」의 동작 주체인 자신의 남편을 자기 인물로 간주하여 화제(「言ウ」행위)를 낮추어 표현한 것이라 할 수 있다. 第三章 第一節의「申す」<2>∼<4>와 같이, 청자에게 경의를 나타내는 대우성을 가지는 이러한「申す」는 중고기 이후부터 발달한 용법이라 할 수 있으며, 본 작품에서 대화문에 주로 사용하고 있다.「申す」는 원래 겸양어로서 발달한 경어이나, 이와 같이 청자를 대우하는 정중어로도 사용되는 용법상의 다양성을 가지고 있다.

다음『とはずがたり』에 사용된「申す」의 다른 예문을 보기로 한다.

<3> (私ガアル尼ニ)「つとめには、何事かする。いかなる便りにか発
　　心せし」など申せば、ある尼申やう、「私はこの島の遊女の長
　　者なり。(中略)」など言ふも、うらやまし。

（卷五、p.214）

예문 <3>의「申す」(a)・(b)는 작자 二條가 西國 여행 중에 만난 遊女와의 대화 장면에 사용된 것으로 먼저 <1>・<2>의「申す」용법과 비교해 본다.

<3>(a)「申す」의 동작 객체는 유녀이고, <3>(b)「申す」의 동작 객체는 작자 자신이다. 우선 <3>(a)・(b)에 쓰인「申す」를 겸양어 표현으로 본다면, 일반적으로 화자는「申す」의 동작 객체에 대해 어떤 형식이든 존경 표현을 나타내야 한다. 그런데 <3>(a)「申す」의 동자 객체인

유녀에 대해서 「言ふ」로 표현하고 있으며, <3>(b) 「申す」의 경우는 동작 객체가 작자 자신이기 때문에 존경 표현을 쓰게 된다면 자경 표현이 되고 만다. 그러므로 <3> 「申す」(a)·(b)는 객관적으로 보아도 「申す」의 동작 주체 <하위>·객체<상위>라는 상하 신분관계의 인식에 의한 것이라 볼 수 없기 때문에 <1> 「申す」와 동일한 겸양어 표현으로 볼 수 없다.

또한 이것을 <2>의 「申す」와 같이 화자가 청자를 위한 경의 표현으로 본다면, 이 「申す」는 지문에 사용된 것이기 때문에 청자는 작품의 수용자인 일반 독자가 되며, 작자는 이들 독자에게 화제 제공이라는 관점에서 「申す」의 동작 주체인 자기 자신이나 유녀를 낮추어서 표현한 것으로 판단할 수 있다. 이러한 관점에서 본다면, <3> 「申す」(a)·(b)는 청자를 대우하는 <2>의 「申す」와 유사한 용법이라 할 수 있다.

우선 <3> 「申す」(a)·(b) 의 대우성을 명확히 밝히기 위해서 먼저 앞의 정중어 용법의 <2> 「申す」를 정리해 보면, 다음과 같은 특징이 있었다. 1) 화자의 경의 대상은 청자에 있다. 2) 청자에 대한 배려로서 「申す」의 동작 주체를 화자 자신, 또는 화자 측 인물로 간주하고 동작 주체의 행위를 낮추어서 표현했다.

예문 <3> 「申す」(a)·(b)가 <2> 「申す」와 같은 용법인가를 판별하기 위해서 위의 두 가지 관점인 1) 화자의 경의 방향이 청자에 있는가. 2) 대우 표현의 방법으로 「申す」의 동작 주체를 낮추어서 표현하는 기능의 存否에 대해 구체적으로 살펴보기로 한다.

첫 번째 관점에 있어서는 예문 <2>는 화자나 청자 모두가 작품 속에 등장하는 특정적인 개인이며, 화자는 청자에 대해 경어 표현을 해야만

하는 상하 신분관계에 있다. 그러나 <3>「申す」(a)・(b) 는 지문에서의
표현이므로 화자는 표현 주체인 작자 자신이며 청자는 작품의 수용자인
독자이다. 그럼에도 불구하고 청자인 독자가 구체적으로 어떠한 존재였
으며, 또한 작자는 이 작품의 수용자를 어떤 신분으로 想定하고 있는가
등에 대한 구분은 분명하지 않다. 그러므로 청자에 대한 경의적 배려의
유무가 <3>「申す」(a)・(b)에서는 불분명하다.

두 번째 관점에 있어서는 <3>「申す」(a)의 동작 주체는 작자인 二條
자신임으로 낮추어서 표현한다는 것은 어렵지는 않을 것이다. 다만, 첫
째 관점에서도 지적한 대로 청자인 일반 독자와 화자인 작자 二條와의
관계는 분명하지 않으므로 이「申す」가 동작 주체를 낮추는 기능의 존
부도 확실치 않다. 그러나 예문<3>에 있어서 작자 二條는 이제 後深
草院을 모시는 신분도 아니며 이미 궁을 떠난 사람이다. 출가한 입장에
서 자신에 대한 겸손한 인생 태도를 독자들에게 겸허하게 표현하기 위해
「申す」(b)의 동작 주체인 유녀까지 자신과 같은 처지인 불제자로 인식하
여 낮추어 표현할 수도 있다. 만일『とはずがたり』라는 작품이 後深草
院을 쟁점으로 하는 궁중 최상급의 고귀한 사람들을 대상으로 집필했다
면 더더욱 이러한 가능성이 높을 것이다. 따라서 이러한 해석이 가능하
다면 <3>「申す」(a)・(b)도 정중어 용법의 <2>「申す」와 같은 대우
성을 가지는 것으로 판단할 수 있다.

그러나 청자가 특정적 개인 상호간의 신분 관계에 관한 것과 불특정
다수의 신분 관계에 관한 경우, 이에 대한 표현 주체의 대인 태도나 감정
이 반드시 같다고는 볼 수 없다. 특히 청자가 일반 독자일 경우에「申す」
는 동작 주체를 낮추는 기능의 형식화가 일어나기 쉽다. 稻田(1976)는

이런 종류의「申す」를 다음과 같이 두 단계로 나누어 설명하고 있다.[94]

(A) 「申す」には、もはや為手を低める機能が著しく微弱化している。だが、<低め>の意識情意だけはなお残って、聞き手(読者)に対して、多少とも身を低くする話し手の態度ないし、ポーズを表わす。

(B) 「申す」には、いかなる種類の<低め>も退化してしまって、ただ、<申す表現>が常に随伴していた荘重感だけで用いられている。

계속해서 (A)・(B)의 기준에 따라 <3>의「申す」(a)・(b)와 같이 객체 존경의 겸양어로는 인정 할 수 없는「申す」의 용법과 그 대우적 성질에 관해서 살펴본다.

<4> 鎌倉にある親しき者とて、広沢の与三入道といふ者、熊野参りのついでに下るとて、家の中騒ぎ、村郡の営みなり。絹障子を張りて、絵を描きたがりし時に、(私ハ)何と思ひ分く事もなく、「絵の具だにあらば、描きなまし」と申たりしかば、

(巻五、p.219)

<5> 長月の中の十日余りにや、善勝寺の大納言のもとより、文こまやかに書きて、「申たき事あり。(中略)」など(私ニ)申しを、まめやかに、おなじ心に思ふべき事と思ひて、

(巻二、p.85)

<4>「申す」의 동작 객체인 広沢与三(히로사와노요조)는 地頭級의 호족이지만,「広沢与三入道といふ者」로 표현되어 작자가 경의의 대상

---

94) 穐田定樹(1976) 前掲書 p.189

으로 인식하고 있지 않기 때문에, 이 「申す」는 객체 존경의 겸양어 용법으로 인정할 수 없고 <3> 「申す」(a)・(b)와 같이 이 「申す」도 일반 독자에 대한 표현으로 볼 수 있다.

다만 이 「申す」의 동작 주체는 작자로 되어 있기 때문에 동작 주체를 낮추는 기능이 아직 남아 있거나 또는 약화된 (A)단계의 「申す」로 볼 수도 있다. 이러한 종류의 표현은 「申す」에 동작 주체를 낮추는 기능이 남아 있고 <2>의 정중어 용법인 「申す」용법과 연속하고 있으므로 그 구별이 쉽지는 않다.

예문 <5> 「申す」의 동작 주체인 善勝寺 大納言은 신분적으로 보면 낮출 수 없는 인물이다. 작자의 입장에서 善勝寺 大納言은 어머니의 숙부에 해당하는 친척이며 자기측 인물로 취급할 여지가 있는 사람이다. 그러나 본 작품 전체를 통해서 작자는 善勝寺 大納言에 대한 대우로 지문에서 높임의 정도가 그다지 높지 않은 「(ら)る」를 9회 사용하고 있으며,95) 그 외에는 大納言에 대해서 경어 표현을 사용하고 있지 않다. 이러한 사실은 善勝寺 大納言을 화자인 작자가 자기측 인물로 파악하고 있다는 것을 입증하는 것이며, <5>의 「申す」기능도 <4>의 「申す」성질에 준하는 것으로 판단된다.

다음은 「申す」의 동작 주체를 낮추는 기능이 형식화 또는 퇴화된 (B)단계의 「申す」의 용례를 살펴본다.

---

95) 若林俊英(1980a) 前掲書 p.9

<6> つとめて、万里小路の大納言師重のもとより、(私二)「近きほ
どにこそ。昨夜の御あはれ、いかが聞きし」と申たりし返事
に、   (巻五、p.246)

<7> 徒歩なる女房の中に、ことに初めより物など申すあり。問へ
ば、兵衛佐といふ人なり。(東二条院ハ)次の日、還御とて、
その夜は御神楽、御手遊びさまざまありしに、暮るるほど
に、桜の枝を折りて兵衛佐のもとへ、(私)「この花散らさむ
先に、都の御所へ尋ね申べし」と申て、   (巻五、p.244)

　　<6>「申す」의 동작 주체는 萬里小路(마데노코지) 大納言이며 동
작 객체는 작자 자신이다. 우선 동작 주체는 객관적으로 보아도 낮추어
서 표현할 신분이 아니다. <5>「申す」의 경우는 동작 주체가 大納言
이라는 지위에 있는 인물이라 할지라도 화자는 어머니의 숙부에 해당하
는 친척이기 때문에 동작 주체를 자기측 인물로 간주해서 낮추어 표현하
는 것이 가능했다.

　　그러나 <6>「申す」의 동작 주체인 萬里小路 大納言은 표현 주체
인 화자(여기서는 지문이므로 작자 자신)에게는 친근한 관계에 있는 인
물이 아니기 때문에 청자와의 관계에 있어서 화자 측 인물로 인식하고
낮추어 표현하기는 어려운 상황이다. 따라서「申す」의 동작 주체 <하
위>・청자<상위>라는 관계 성립이 불가하며, 이「申す」의 경의 대상
은 청자(일반 독자)에 있다고 볼 수 없다. 또한 이「申す」를 만일 동작
객체를 위한 것이라면,「申す」의 동작 객체인 작자 자신을 스스로 대우
하는 자경 표현이 되고 만다.

　　그리고 화자가 자경 표현을 하는 경우에는 일반적으로 동작의 주체와
객체간의 상하 관계가 상당히 격차가 있거나, 그 관계가 천황 등, 절대적

인 우위에 있는 경우에만 이러한 표현이 허용되기 때문에 <6>의 「申す」
는 「申す」의 동작 객체인 화자 자신이나 청자인 일반 독자에 대한 경의
적 배려를 나타내기 위한 것은 아니다.

　<7>에서도 표현 주체인 작자가 청자인 일반 독자를 대우하기 위해
「申す」의 동작 주체를 낮추어 표현한 것으로 볼 수는 없다. 여기서 「申
す」의 동작 주체는 東二條院을 섬긴 궁녀인 兵衛佐(효에노스케)이며,
그 배후는 황후인 東二條院을 연상시키는 인물이다. 궁궐을 나와서 출
가한 작자의 지금 상황에서 이러한 사람을 자기측 인물로 인식하고 청
자에 대해 낮추어 표현한다는 것은 불가능한 일이기 때문에 이 「申す」
의 성질에는 <6>의 「申す」와 마찬가지로 동작 주체를 낮추는 기능이
없는 것으로 보아야 할 것이다. 다음은 또 다른 「申す」의 예를 보기로
한다.

<8>　師走になりて、川越の入道と車物の跡なる尼の、「武蔵の国
　　　に川口といふ所へ下る。(中略)」と言ふも、　　　(巻四、p.183)

<9>　奈良より、伊賀路と車所よりまかり待しに、まづ笠置寺と
　　　申所を過ぎ行。　　　　　　　　　　　　　　　(巻四、p.212)

<10>　御修法の心きたなさも、御心の内わびしきに、六日と申しし
　　　夜は、如月の十八日にて侍しに、　　　　　　(巻三、p.119)

이들 「申す」표현은 「申す」가 실질적인 意義인 동작 개념이 없기 때
문에 「申す」의 동작 주체와 객체가 분명하지 않다. 그러므로 객체 존경
의 겸양어가 될 수 없으며, <2>와 같이 「申す」의 동작 주체를 낮춤으로

서 청자에 대한 경의를 나타내는 표현으로 인정하기가 어렵다. 「申す」가 대우를 해야할 대상이 아닌 단순히 인명이나 장소 · 날짜를 나타내는데 쓰이고 있다.

이와 같이 <3>～<10>의 「申す」성질에는 동작 주체를 낮추는 기능이 미약한 것(<3>～<5> 「申す」)과, 그 기능이 이미 퇴화된 것 (<6>～<10> 「申す」)이 있다. 그러나 그 경계를 명확하게 구별한다는 것은 매우 어려운 일이다. 宮地(1971)에서 <3>～<10>의 「申す」를 <2>의 「申す」와 마찬가지로 전부 「丁重語」로 분류한 것도 이러한 구분의 어려움 때문이라고 할 수 있다. 한편, 穐田(1976)에서는 「申す」가 동작 주체를 낮추는 기능과 성질이라는 관점에서 <3>～<10>까지의 「申す」를 일괄해서 겸양어의 한 종류인 「自卑 · 丁重의 謙讓語」로 분류하기도 했다.[96]

그러나 본서에서는 「申す」가 동작 주체를 낮추는 기능이 약화된 것 (<3>～<5> 「申す」)과 그 기능이 이미 퇴화된 것(<6>～<10> 「申す」) 모두를 「文體的 用法」의 「申す」로 규정하며, <2>의 정중어 용법 「申す」와는 다른 종류로 구분하는 입장을 취한다. 이 두 용법을 구별하는 기준점은 「申す」의 동작 주체를 낮추는 기능의 유무에 따른다. 宮地(1971)에서는 <2>의 「申す」와 <3>～<10>까지의 「申す」를 일괄해서 같은 대우성을 가지는 것으로 분류했으나, 이상과 같이 그 용법과 표현이 다르기 때문에 같은 종류의 경어로 볼 수 없다.

『とはずがたり』에는 「申す」가 총 434회(보조동사 포함) 사용되고 있으나, 상대 · 중고기의 겸양어 용법을 계승하는 한편 <표6>과 같이 매

---

96) 穐田定樹(1976) 前揭書 p.18

우 다양한 용법으로 사용되고 있다.

<표6> 『とはずがたり』에 사용된 「申す」의 용법별 분석

用法\巻数	謙讓語		鄭重語		文体的 用法		自敬 表現		計
	地文	対話文	地文	対話文	地文	対話文	地文	対話文	
一	63	11		26	5			1	106
二	81	5		34	10	1			131
三	56	8		6	6				76
四	24	2		15	32				73
五	24	1		3	19			1	48
合計 (使用率)	275 (63.4%)		84 (19.3%)		73 (16.8%)		2 (0.5%)		434 (100%)

특히 문체적 용법으로 지문을 중심으로 사용된 73예의 「申す」는[97] 헤이안 시대 이후에 발달하는 정중어 용법의 「申す」와는 달리 중세 경어 특질의 하나라고 할 수 있는 표현성을 가진다.

그리고 이들 문체적 용법으로 쓰인 「申す」는 <3>～<10> 「申す」의 분석에서 알 수 있듯이 「申す」가 실질적 意義인 동작 개념이 없는 경우나,[98] 작자 또는 경어로 대우하지 않는 인물이나 대상이 「申す」의 동작 객체가 되는 용법상 특징이 있다. 만일 이들 「申す」의 동작 객체를 대우하게 되면 겸양어 용법의 「申す」가 되며, 표현 주체인 작자가 자기

---

97) 대화문에 사용된 문체적 용법의 「申す」는 다음과 같이 1회뿐이다.
  (善勝寺大納言ガ私ニ)「(前略)さても、いづくにもおはしまさずとて、
  (後深草院ガアナタヲ)あちこち尋ね申されし折節、御参り有て、(後略)」
  (巻二、p.99)
98) 예문 <8>～<10>과 같이 「申す」의 동작 주체와 객체가 분명하지 않는 경우를 말한다.

자신이나 경의를 나타내지 않는 대상을 대우하기 위해 이 「申す」를 사용했다면 대우법에 있어 모순이 발생한다.

　또한 <2>의 「申す」와 같이 청자를 대우하기 위한 정중어 용법이라면, 그 수단으로 「申す」의 동작 주체를 낮추어서 표현해야 한다. 그러나 「申す」의 동작 주체는 <3>(b)와 같이 작자 자신이 아닌 제삼자나, 예문 <6>・<7>의 「申す」와 같이 작자보다 상위자가 그 대상이 되는 경우가 있어 이 용법의 성립도 어렵다. 더욱이 <8>~<10>의 경우는 「申す」의 동작 객체가 경어로 대우하지 않는 인물이나 대상에 대한 일반적인 서술에까지 「申す」를 사용하고 있다.

　『とはずがたり』에 문체적 용법으로 쓰인 73예의 「申す」를 분석 정리한 것이 다음<표7>이다.

<표7> 문체적 용법에 사용된 「申す」의 분석

	動作 主体	動作 客体	関連 例文	使用 回数
I	1) 作者側	第三者	<3>(a)・<4>	13
	2) 第三者	作者側	<3>(b)・<6>・<7>	21
	3) 作者側	作者側	<5>	8
	4) 第三者	第三者		1
II	5) 作者側	?		6
	6) ? (人々)	a) ? (人々)		15
		b) 人 名	<8>	5
		c) 場 所	<9>	2
		d) 一般的 叙述	<10>	2

<비고> I 은 「申す」의 동작 주체・객체가 분명한 경우

　　　　II 는 「申す」의 동작 주체・객체가 불분명한 경우

Ⅱ 5)는 작자 자신의 독백·감상 등을 표현하는 경우[99]

Ⅱ 6)은 「申す」의 동작 주체는 특정인이 아닌 세상의 일반인

Ⅱ 6a)는 「申す」의 동작 주체·객체가 모두 불분명한 것이나 세상 사람들의 입에 오르내리는 소문 등을 나타내는 경우[100]

그렇다면 <표7>과 같은 문체적 용법 「申す」는 어떤 표현성을 가지는가? 稲田(1976)의 「<申す表現>이 常に随伴していた荘重感だけで用いられている」[101]라는 지적처럼 이들 「申す」에는 이미 동작 주체를 낮추는 기능이 미약하거나 없으며, 「申す」 자체의 어감이 가지는 장중함만이 남아있는 것으로 판단되기 때문에 예문 <3> ~ <10>과 같은 「申す」는 작자가 독자에게 문장에 대한 장중미를 표현하기 위해 쓴 것으로 본다.

경어 용법에 있어서 대자 경어인 정중어·대화어·미화어 용법을 공유하고 있어, 이러한 「申す」를 어떤 종류의 경어로 분류할 것인가는 또 하나의 문제점으로 남게 된다. 본서에서는 청자인 일반 독자를 對者로 해서 장중한 미적 인상을 환기하려고 하는 작자 자신의 표현 태도를 나타내는 것을 본질적 기능으로 하는 「申す」로 보고 이러한 「申す」를 정중어와는 구분해서 美化語로 분류한다.[102] 작가가 문장에서 어떤 미적

---

99) 女院の御方の新衛門督殿を上八人に召し入て、つとめられたりし。これも、時にとりては、美々しかりしかとも申てん。(巻二、p.91)

100) (人々)「経任、さしも御あはれみ深き人なり。出家ぞせんずらむ」と、みな人申思ひたりしに、(巻一、p.18)

101) 稲田定樹(1976) 前掲書 p.189

102) 문체적 용법으로 쓰인 경어가 「표현 주체인 화자 스스로의 언어 표현에 대한 미적 배려」를 본질적 기능으로 한다면, 그 표현성은 근세 이후 발달하는 미화어와 같은 것이라고는 할 수 없으나 가장 가까운 대우성을

표현효과를 나타내기 위한 「申す」의 표현은 『とはずがたり』뿐만 아니라 가마쿠라 시대의 다른 작품에서도 그 예를 찾아볼 수 있다.

> <11> 海中遥ニユケドモ山モ見エズ。(猿が蛟に)「イカニ山ハ何クゾ」
> ト云ヘバ、「ゲニ海中ニ、争カ山アルベキ。我妻、猿ノ生肝ヲ
> 願ヘバ、ソノ為ナリ」ト云。猿、色ヲ失テ、イカニスベキ方ナ
> クテ曲ケルハ、「サラバ山ニテモノ給ハデ、ヤスキコトナリケ
> ルヲ。我生肝ハアリツルヲ山ノ木ノ上ニオケリ。イソギツル
> ホドニ、ワスレタリ」ト云。サテハ肝ノ為ニコソ具シテキツル
> ト思テ、「サラバ返テトリテタベ」ト云。「ヤスキコト」ト云ケ
> レバ、返テ山ヘユキヌ。猿ル木ニノボリテ、「海中ニ山ナシ、
> 身ヲハナレテ肝ナシ」ト云テ、山ヘ深ク入ヌ。
>
> (『沙石集』五本[八])

<11>의 「申す」를 분석해 보면, 「申す」의 동작 주체는 원숭이이며 그 동작을 받는 객체는 교룡이다. 「申す」가 동작 객체에 대한 경의의 표현이라면, 동작 객체에 어떤 형식으로든 존경 표현을 나타내야 한다. 그러나 표현 주체인 작자가 「申す」의 동작 객체인 교룡에게 대우 표현을 나타내고 있지 않기 때문에 <11>의 「申す」는 우선 교룡을 대우하기 위한 표현이 아닌 것을 알 수 있다. 또한 작자가 독자에 대한 경의 표현이라면 원숭이나 교룡의 행위 동작을 전부 「申す」로 나타내야 하는데 상호간 「云ふ」로 표현되어 있다. 왜 이 부분만이 「申す」로 표현된 것인가라는 의문점이 남는다.

예문 <11>은 원숭이의 생간이 필요한 교룡이 육지로 나가 원숭이를 꾀어 바다로 데려오고 속은 것을 알아차린 원숭이가 기지를 발휘하여
가지는 것이라고 할 수 있다.

다시 육지로 나와 산으로 도망치는 장면이다. 교룡에게 생명의 위협을 느낀 원숭이가 간을 육지에 두고 온 사정을 이야기하는 부분에 「申す」를 사용하고 있다. 표현 주체인 작자가 교룡과 원숭이의 동작 행위를 단순한 객관적 서술에 그치지 않고 「云ふ」대신 「申す」로 표현한 것은 위기적 상황에 대한 문장의 표현 효과를 나타내기 위해 사용한 것으로 판단된다. 즉 「申す」의 어감이 가져다 주는 「장중함」·「중후함」을 내용으로 표현 효과의 극대화를 위한 것이라 할 수 있다.

또한 『沙石集』에는 「申す」가 동작 주체를 낮추어서 표현한 것으로는 볼 수 없는 다음과 같은 「申す」가 지문에 자주 출현하고 있다.

<12>   実ニ情アリテ、万人ヲハグクミ、道理ヲモ感ジ被申ケル。マメヤカノ賢人ニテ、仁恵世ニ聞へ、道理程面白キ物ナシトテ、道理ヲ人申セバ、涙ヲ流シテ感ジ申サレケルトコソ、聞伝ヘタル。民ノ歎ヲ我歎トシテ、万人ノ父母タリシ人ナリ。
(上同、三[二])

<12>는 가마쿠라 막부의 최고 권력자 北條泰時(호조야스토키)의 德을 칭송하는 부분이다. 「申す」의 동작 주체인 泰時의 「言ウ」행위가 각각 「申サル」로 표현되고 있다. 泰時의 동작에 대해 표현 주체인 작자로부터 존경을 나타내는 조동사 「ル」가 사용되어 있는 것만 보더라도 동작 주체를 높여서 대우한다는 것을 단적으로 알 수 있다.

또한 객관적으로 보아도 절대 집권자 泰時는 표현 주체인 작자가 낮추어서 묘사할 수 있는 신분이 아니다. 따라서 이 「申す」에는 동작 주체를 낮추는 기능이 없고, 다만 「申す」본래의 어감인 숭후함이나 상중한

어조만이 남아 있다. 이러한 문체적 용법으로 쓰인 「申す」는 중세의 다른 자료에서도 찾아볼 수 있어 『とはずがたり』에만 국한되는 것이 아닌 중세 경어의 특징중의 하나로 볼 수 있다.

이상과 같이 「申す」의 중세적 특질이라 할 수 있는 문체적 용법에 관해 살펴 보았다. 이러한 문체적 용법은 「申す」뿐만 아니라, 『とはずがたり』의 지문에서 다음과 같이 다른 경어에도 사용되고 있다.

2. <罷る>

『とはずがたり』에는 「まかる」가 총 28회 사용되고 있다.[103] 대화문에서 정중어 용법으로 쓰인 「まかる」는 4회밖에 없으며, 나머지 24회는 다음과 같이 지문에 쓰이고 있다. 또한 그 용법에 있어서도 정중어 용법의 「まかる」와는 다른 대우성을 가진다.

<13>　飯沼の新左衛門は歌をも詠み、数寄物といふ名ありしゆゑにや、若林の二郎左衛門といふ者を使ひにて、度々呼びて、続歌などすべきよし、ねんごろに申しかば、まかりたりしかば、思ひしよりも情けあるさまにて、度々寄り合ひて、連歌、歌など詠みて遊び侍しほどに、師走になりて、川越の入道と申物の跡なる尼の、「武蔵の国に川口といふ所へ下る。あれより、年返らば、善光寺へ参るべし」と言ふも、便りう

---

103) 겸양어 용법으로 쓰인 「まかりいづ」・「まかりいだす」・「まかり申す」는 제외한다.

れしき心地して<u>まかり</u>しかば、雪降り積もりて、分け行く道
(b)
も見えぬに、鎌倉より二日に<u>まかり</u>着きぬ。　　(巻四、p.183)
(c)

　예문 <13>의「まかる」(a)~(c)의 동작 주체는 작자 자신이며, 문맥으
로 보아 동작 주체는 존자가 있는 장소에서의 출발이 아니다. 우선 이
「まかる」는 동작 주체의 출발점에 있는 존자나 대상(동작 객체)을 대우
한다고 볼 수 없기 때문에 겸양어 용법으로 사용된 것이라 할 수 없다.

　<13>은 작자가 궁중을 나와서 東國을 기행하는 부분이다. 가마쿠라
에서의 생활과 川口(가와쿠치)로 가기 전의 상황을 묘사한 것으로 작자
의 출발점은 여행지인 가마쿠라의 거처일 것이다. 만일 <13>의「まか
る」(a)~(c)를 겸양어 용법으로 본다면,「まかる」의 경의 대상은 작자 또
는 그 출발점인 작자 자신이 기거하는 장소를 대우하기 때문에 자경 표
현이 되고 만다.

　그리고 <13>(a)~(c)의「まかる」는 지문에서의 서술이기 때문에 청
자는 일반 독자이다. 따라서 이를 대우하기 위해 동작 주체의「行ク」동
작을 낮추어서 표현하는 정중어 용법으로 본다면, 문체적 용법의「申す」
표현에서 지적한 바와 같은 문제점이 생긴다. 지문에 사용된 다른「まか
る」의 예를 보기로 한다.

　　<14> (大宮司)「二見の浦は、月の夜こそおもしろく侍れ」とて、
　　　　 (私ハ)女房ざまも引き具して<u>まかり</u>ぬ。　　(巻四、p.203)

　　<15> 筑紫の諸卿といふ者が、鎌倉より筑紫へ下るとて、京に侍
　　　　 しが、聞き伝へて取り侍しかば、母の形見は東へ下り、父

のは　西の海を指して<u>まかり</u>しぞ、いと悲しく侍し。
(巻五、p.237)

<14>・<15> 「まかる」의 동작 주체는 작자 자신을 비롯하여 타인 또는 사물의 이동에까지 사용되고 있다. 우선 <14>・<15>는 지문에서의 표현이므로 화자는 표현 주체인 작가 자신이며, 청자는 대화의 場에 등장하는 특정한 인물이 아닌 작품의 수용자인 독자이다. 이러한 불특정 독자에게 경의를 나타내기 위해 귀족 계급의 작자가 자기 자신을 포함한 다른 사람들의 화제를 낮추어서 동작 주체의 「行ク」행위를 「まかる」로 표현했다고는 보기 어렵다.

또한 <15>의 경우, 「まかる」의 동작 주체와 객체가 불분명하기 때문에 객체 존경의 겸양어도 될 수 없으며, 「まかる」의 동작 주체를 낮춤으로서 청자에 대한 경의를 나타내는 표현으로 인정하기도 어렵다. 따라서 <13>~<15>에 쓰인 「まかる」에는 동작 주체를 낮추는 기능이 약화 또는 퇴화되었으며, 앞에서 서술한 문체적 용법의 「申す」<3>~<10>과 같이, 「まかる」가 가지고 있는 어감(「改まり」)만이 남아 문장의 표현 효과를 얻기 위해서 사용된 것이라 할 수 있다.

3. <まうで来>

<16> 善勝寺ぞ、「さてしもあるべきかは。医師はいかが申」など申て、(私ノ所ニ)度々<u>まうで来</u>たれども、　　　　(巻一、p.49)

<16>에는 아이를 가진 작자 二條가 중병을 가장하여 은신한 곳에

문안 온 善勝寺 大納言의 「来ル」동작이 「まうで来」로 표현되어 있다. 「まうで来」는 동작 주체의 도착점에 있는 존자나 대상을 대우하는 것이 본래의 용법이다.

　<16> 「まうで来」의 동작 주체는 善勝寺 大納言이고 이동의 도착점은 작자 二條가 머물고 있는 곳이 된다. 우선 이 표현은 동작 주체의 도착점에 있는 대상을 대우하는 겸양어 용법으로 볼 수 없다. 이것은 동작 주체의 도착 지점이 작자의 집이기 때문에 표현 주체가 스스로에게 경의를 나타내는 결과가 된다. 또한 이 「まうで来」를 일반 독자를 대우하기 위해 동작 주체인 善勝寺 大納言의 「来ル」동작을 낮추어 표현한 정중어 용법으로도 볼 수 없다. 왜냐하면 일반 독자에게 경의를 나타내기 위해 大納言이란 높은 신분의 사람까지 낮추어서 표현하기란 불가능하기 때문이다. <16>의 「まうで来」도 <13>～<15>의 「まかる」와 같이 문체적 용법으로 작자가 문장에 표현 효과를 얻기 위해 「来ル」를 격식 차린 어조로 표현한 것이라 할 수 있다.

　4. <侍り>

　<표8> 중고기 여류일기・수필에 사용된 「侍り」・「候ふ」의 용례수[104]

作品名 ＼ 敬語	侍 り	候 ふ
枕草子	162	68
和泉式部日記	24	15
紫式部日記	172	24

---

104) 布山清吉(1982) 『「侍り」の国語学的研究』 桜楓社 pp.417-491

　　<표8>에서 보는 바와 같이 중고기의 여류일기・수필에 있어서 「侍
り」는 대화어로 그 대표성을 가지고 있었다. 이러한 「侍り」는 院政期
의 『今昔物語』를 기점으로 고어화의 길을 걷게 되고[105] 중세에는 당시
일상 생활의 대화어로 「候ふ」가 그 자리를 대신했다.[106] 그러나 『とは
ずがたり』는 중세 자료임에도 불구하고 「侍り」가 지문과 대화문에 사
용되며, 특히 지문에서 「侍り」가 「候ふ」보다 많이 사용되고 있어 어법
상 또 하나의 특색을 보인다.

　　<표9> 『とはずがたり』에 있어서의 「侍り」・「候ふ」의 사용 횟수[107]

敬語\卷数	侍り			候ふ			合計
	地文	対話文	計	地文	対話文	計	
一	41	35(1)	76	6	77(66)	83	159
二	32	29	61	14	95(27)	109	170
三	37	27	64	21	31	52	116
四	52	37	89	4	3	7	96
五	70	9	79	8	3	11	90
計	232	137(1)	369(1)	53	209(93)	262	631(93)

（　）는 편지문

　　<표9>에서 보는 것처럼, 헤이안 시대에 있어서 지문에 거의 쓰이지

---

105) 桜井光昭(1966, 前掲書 pp.3-27)는 『今昔物語』에서 「侍り」와 「候ふ」의
　　총 사용 횟수는 347 : 696회로 「候ふ」가 우세하고 「侍り」의 대우 대상은
　　國司 이하로 그 높임 정도가 낮으며, 천황을 비롯한 황족・관백・대신
　　등이 청자일 경우에는 「候ふ」를 사용한다고 지적하고 있다.
106) 山田厳(1974) 前掲書 pp.9-12
107) 都基禎(2002b) 「『とはずがたり』의 敬語研究 ―「侍り」와 「候ふ」를 중
　　심으로―」 『日本文化學報』15 韓國日本文化學會

않는 「侍り」가 『とはずがたり』에는 지문에 232회, 대화문에서 137회, 모두 369회가 사용되고 있다. 그 사용량에 있어서는 오히려 중세의 대화어로 대표성을 가지는 「候ふ」(262회)보다 압도적으로 많이 쓰였다.

　가마쿠라 시대의 다른 작품들에 비해,[108] 하나의 특이한 사용 실태를 보여 주고 있는 이 「侍り」는 그 쓰임에 있어서도 다음과 같이 중고기와 다른 대우성을 나타낸다.

> <17> 平左衛門入道と申物が嫡子、平二郎左衛門が、将軍の侍所
> の所司とて参りしありさまなどは、物にくらべば、関白など
> の御振る舞ひと見えき。ゆゆしかりし事なり。流鏑馬いし
> いしの祭事の作法、ありさまは、見ても何かはせむとおぼえ
> しかば、(私ハ)帰はべりにき。　　　　　　　　(巻四、p.177)

　『とはずがたり』에는 작자 자신의 살아온 지난 삶에 대한 감회나 회상을 서술하는 지문에 「侍り」를 많이 쓰고 있다. 이러한 사실은 <17>에서 보는 바와 같이 화자의 직접적인 과거 체험을 나타내는 조동사 「き」가 작품 전반에 걸쳐 「侍り」와 함께 쓰이고 있는 것을 보더라도 알 수 있다. 대화문과는 달리 지문은 화자와 청자가 고정적이라 할 수 있다.

　즉, 화자는 표현 주체인 작자이며 청자는 작품의 수용자인 독자가 된다. <17>의 「侍り」도 작자 二條가 일반 독자에게 「侍り」가 가지는 이러한 표현성을 나타내기 위해 사용한 것이라 할 수 있다. 중고기의

---

108) 藁谷隆純(1989, 前掲書 p.237)에서는 같은 시대의 여류일기인 『十六夜日記』에는 「侍り」의 사용이 없으며, 내화문에 「候ふ」만 선용되고 있나고 한다.

대화문에 많이 쓰인 「侍り」의 대우성과는 달리, 일반 독자를 대상으로 하는 이러한 용법의 「侍り」를 『日本国語大辞典』에서는 다음과 같이 기술하고 있다.109)

地の文に用いて、あるものの存在を自己の経験したこと、知っていることとして、つつしみ深く表わす。読者を予想した表現ともいわれ、特に中世に多いこの用法は、一種の雅語的用法であるともいわれる。

상기의 지적대로 『とはずがたり』의 지문에서는 다음과 같이 「侍り」가 작자 자신이 경험한 일이나, 작자 측에 관한 사항을 묘사하는 부분에 많이 쓰이고 있다.

<18> 如月の廿日余りの月とともに都を出で侍れば、何となく捨て果てにし住みかながらも、又と思ふべき世の習ひかはと思ふより、袖の涙も今さら、「宿る月さへ濡るる顔にや」とまでおぼゆるに、我ながら心弱くおぼえつつ、

(巻四、p.169)

<19> 借り聖やとひて、料紙、水迎へさせに、横川へつかはすに、東坂本へ行きて、我は日吉へ参りしかば、祖母にて侍し者は、「この御社にて、神恩をかうぶりける」とて、常に参りしに具せられては、

(巻五、p.234)

<18>은 궁궐을 나와 출가한 작자가 東國으로 수행 길을 떠나는 부

---

109)『日本国語大辞典(縮刷版)』(1980) 第8巻 小学館 p.1125

분으로 작자 자신의 동작에 「侍り」를 사용하고 있다. <19>는 표현 주체인 작자의 조모에 관한 표현을 「侍り」로 나타낸 것이다.

사용 조건이라는 관점에서 본다면 <18>・<19>의 「侍り」는 중고기의 대화문에 많이 쓰인 「侍り」와 유사한 대우성을 가지는 것이라 할 수 있다. <29>의 「侍り」는 작자 자신의 동작을 나타내는 동사에 접속되어 청자에 대해 낮추어 표현하는 작자의 대인 태도를 나타낸 것이고, <19>의 「侍り」는 작자 자신의 조모를 정중하게 표현한 것으로 볼 수 있다.

그러나 앞의 「申す」의 문체적 용법에서 서술한 바와 같이 표현 주체인 작자가 작품의 수용자인 독자를 어떤 계층에 염두를 둔 것인가는 판단하기 어려우나, 後深草院의 애인이며 大納言 집안 출신인 작자로서는 일반 독자에게 직접적인 경의를 나타내기 위해서 「侍り」를 사용한 것으로 보기는 어렵다.

또한 중고기 「侍り」의 대우성110)과는 그 성질을 달리하는 「侍り」가 『とはずがたり』의 지문에서 다음과 같은 경우에도 사용되고 있다.

<20> 御願文終はるより、説法すでに終はるまで、すべて涙は、えとどめ侍らざりしかば、そばに事よろしき僧の侍しが、

(巻五、p.247)

---

110) 중고기의 「侍り」는 화제가 비인칭이나 존자에 관한 사항인 경우에는 사용하지 못하고, 화자 자신에 국한되는 등, 그 사용이 제한적이었기 때문에 당시의 「侍り」는 중세 「候ふ」와 같은 완전한 대화어라 할 수 없었다.

<21> 筑紫の諸卿といふ者が、鎌倉より筑紫へ下るとて、京に<u>侍</u>
　　　しが、聞き伝へて取り<u>侍</u>しかば、母の形見は東へ下り、父
　　　のは西の海を指してまかりしぞ、いと悲しく侍し。

　　　　　　　　　　　　　　　　　　　　　　　　（巻五、p.237）

<22> 御修法の心きたなさも、御心の内わびしきに、六日と申し
　　　し夜は、如月の十八日にて<u>侍</u>しに、広御所の前の紅梅、常
　　　の年よりも、色も匂ひもなべてならぬを(御深草院ハ)御覧
　　　ぜられて、　　　　　　　　　　　　　　　　　（巻三、p.119）

<23> さても、夜もはしたなく明け<u>侍</u>しかば、涙は袖に残り、御面
　　　影はさながら心の底に残して出で侍しに、

　　　　　　　　　　　　　　　　　　　　　　　　（巻四、p.207）

　　<20>・<21>의 「侍り」는 화제가 화자인 작자 자신에 관한 것이
아니며, 「事よろしき僧」・「諸卿といふ者」라는 제삼자의 존재를 표현
하는데 사용하고 있으며, <22>・<23>의 「侍り」의 경우는 화자 측
사항과 관계없는 날짜나 시간 등을 표현하는 일반적인 서술에 사용하고
있다. 그리고 <24>・<25>와 같은 「侍り」는 일반 독자보다 절대적
우위에 있는 존자에 대한 묘사에 아무런 제약 없이 사용되고 있다.

　　<24> この程よりや、又法皇御悩みと言ふ事あり。さのみうちつ
　　　　づかせおはしますべきにもあらず、御悩は常の事なれば、
　　　　これを限りと思ひまゐらすべきにもあらぬに、かなふまじ
　　　　き御事に<u>侍</u>とて、すでに嵯峨殿の御幸と聞こゆ。

(巻五、p.239)

<25> (都へノ)御道のほども、さこそ露けき御事にて侍らめと推し量られたてまつりしに、御歌などいふ事の一も聞こえざりしぞ、前将軍の、「北野の雪の朝ぼらけ」などあそばされたりし御跡にと、いと口惜しかりし。 (巻四、p.179)

<24>는 法皇인 龜山院이 병환으로 별궁인 嵯峨殿으로 거처를 옮긴 후, 그의 건강 상태가 좋지 않는 것을 피력한 부분으로 화제는 龜山院의 병에 관한 일이다. 일반 독자에게 경의적 배려를 나타내기 위해 당시 최고 지배자인 龜山院을 낮추어 표현한 것으로는 볼 수 없는「侍り」표현이다.

<25>도 장군의 모습을 서술한 부분으로「御事にて」에「侍り」가 이어져 있어 <24>의「侍り」와 동질의 표현을 가지는「侍り」로 간주된다 따라서 <17>~<25>의「侍り」는 동작 주체를 낮추는 기능이 미약하거나 없기 때문에「侍り」의 동작 주체가 존자인 경우에도 사용할 수 있게 된 것이다.

중고기의 대화문에 많이 쓰였던「侍り」의 성질과는 다른 이들「侍り」가 나타내는 표현은 문체적 용법으로 사용된「申す」·「まかる」·「まうで来」와 마찬가지로 작품의 수용자인 독자에게「侍り」가 주는 어감인 고풍스러움과 우아함을 나타내는데 있다. 즉, 헤이안 시대에 대자 경어로 전용된「侍り」를 표현함으로써 독자로 하여금 당시의 향수를 불러일으키게 하는 효과를 얻기 위한 작자의 의도적 표현이라 할 수 있다.

　이상과 같이 『とはずがたり』에 쓰인 「申す」・「まかる」・「まうで来」・「侍り」를 중심으로 그 대우성에 관해서 고찰했다. 이들 경어의 용법상 특징을 정리하면 다음과 같다.

1) 「申す」는 상대・중고기의 용법을 계승하면서 한편으로 용법의 다양성이 인정된다. 특히 지문에서 작자는 문장의 표현 효과를 얻기 위해 문체적 용법으로 「申す」를 사용되고 있다.

2) 「まかる」는 모두 28회 나오고 있으나, 편지나 대화문의 4회(정중어 용법)를 제외한 나머지 24회는 지문에서 「申す」와 마찬가지로 문체적 용법으로 쓰이고 있다.

3) 「まうで来」는 본문에 2회 밖에 사용되지 않았으나 대화문과 지문에서 각각 정중어 용법과 문체적 용법으로 쓰였다.

4) 「侍り」가 지문에 많이 쓰이고 있으나, 그 대우성은 중고기의 용법과 다르며 문장어 성격이 강하다.

　중세 경어의 특질이라고 할 수 있는 이 문체적 용법은 독자를 의식한 작자의 대인 태도를 말하며, 대화문에서 흔히 볼 수 있는 특정한 청자를 대우하기 위한 표현(정중어 용법)과는 구별된다.

　이들 경어는 표현 주체인 작자가 독자에 대한 일종의 「장중함」・「정중함」・「우아함」 등을 표출해 문장의 미적 효과를 얻기 위해 사용한 것이라 할 수 있다. 그리고 이들 경어의 청자에 대한 배려는 경의적 배려라기보다 미적 배려의 성격이 강한 것으로 판단된다.

第三節　對話語

　『とはずがたり』에는 <표7>에서 밝힌 바와 같이 당시의 대화어라고 할 수 없는「侍り」가 지문 뿐만 아니라 대화문에도 많이 쓰이고 있어 어법상 큰 특징을 가지고 있다. 중세의 대화어를 대표하는「候ふ」를 사용하지 않고 이미 고어화의 길을 걷고 있는「侍り」를 사용하고 있다는 것은 표현 주체인 작자의 문장에 대한 일종의 배려로 볼 수도 있다. 특히 지문에 있어서「侍り」의 사용은 이러한 경향을 잘 나타내고 있다.

　本節에서는「侍り」의 이러한 표현에 주목하면서, 지문과 대화문에 사용된「侍り」와「候ふ」의 비교 검토를 통해 이들 경어가 가지는 대우성에 관해 고찰해 보고자 한다.

1. 地文의 ＜侍り＞・＜候ふ＞

<표10> 지문에 있어서의「侍り」・「候ふ」의 사용 횟수

敬語　　巻数	侍り	候ふ	計
一	41	6	47
二	32	14	46
三	37	21	58
四	52	4	56
五	70	8	78
計	232	53	285

<표10>에서 보는 바와 같이 『とはずがたり』의 지문에는 「侍り」가 232회, 「候ふ」가 53회 사용되어 「侍り」가 압도적으로 많이 사용됐음을 볼 수 있다. 우선 지문에 많이 사용된 「侍り」와 「候ふ」의 대우성에 관해서 살펴보겠다.

1) <侍り>

<1> 里に侍折は、君の御面影を恋ひ、かたはらに侍折は又、よそに積もる夜な夜なを恨み、我身に疎くなりまします事も悲しむ。 (巻一、p.51)

<1>의 「侍り」는 「イル」의 겸양어 용법으로 사용되었으며 『とはずがたり』에서 이러한 겸양어 용법으로 쓰이고 있는 「侍り」는 불과 6例밖에 볼 수 없다.111) 지문에서는 대부분 다음 (1)·(2)와 같은 용법으로 사용되고 있다.

(1) 작자 자신에 관한 설명 또는 감상 등의 기술

<2> 隙行駒の早瀬川、越えて返らぬ年波の、わが身に積もるを数ふれば、今年は十八に成侍にこそ。 (巻二、p.66)

<3> 我は日吉へ参りしかば、祖母にて侍し者は、「この御社にて、神恩をかうぶりける」とて、常に参りしに具せられては、 (巻五、p.235)

---

111) 巻一(p.11, p.12, p.51, p.55, p.64), 巻三(p.118)

<4> 清水の橋の上までは、みな御車をやりつづけたりしに、京極
　　より、御幸は北へなるに、残りは西へやり別れし折は、何と
　　なく名残惜しきやうに、車の影の見られ侍しこそ、こはいつ
　　よりの慣らはしぞと、わが心ながらおぼつかなく侍しか。

(巻二、p.114)

　예문 <2>~<4>에서 보는 바와 같이, 지문에서의 「侍り」는 작자
자신이 살아 온 지난 삶에 대한 감회나 회상을 서술하는 부분에 많이
쓰고 있다. <2>에서는 작자 자신에 대한 설명을 나타내는 부분에 「侍
り」를 사용했고 <3>에서는 작자가 조모를 회상하는 부분에, <4>에서
는 이틀동안 같이 밤을 보낸 近衛 大殿와의 이별하는 장면과 작자의
심적 상태를 감상적으로 나타내는 부분에 「侍り」를 사용했다. <2>~
<4>에 사용된 「侍り」는 그 화제가 작자 또는 작자 측에 관한 것이기
때문에 헤이안 시대의 대화문에 많이 쓰였던 「侍り」와 같은 대우성을
가진다고 할 수 있다.

　그러나『とはずがたり』의 지문에서는 화제가 작자 자신에 관한 것뿐
만 아니라, 존자에 관한 것이나 제삼자의 동작, 그리고 일반적인 서술에
까지 「侍り」를 사용하고 있어 중고기 「侍り」의 대우성과는 그 용법을
달리한다.

(2) 작품속의 등장 인물에 관한 설명・감상 또는 일반적 묘사

<5> 熱田の宮に参りぬ。通夜したるほどに、修行者どもの侍る、
　　「大神宮より」と申。

(巻四、p.189)

<6>　(都ヘノ)御道のほども、さこそ露けき御事にて<u>侍ら</u>めと推し量
　　　　られたてまつりしに、御歌などいふ事の一も聞こえざりしぞ、
　　　　前将軍の、「北野の雪の朝ぼらけ」などあそばされたりし御跡
　　　　にと、いと口惜しかりし。　　　　　　　　　　　　(巻四、p.179)

<7>　悲しさも今日閉ぢむべき心地して、さしも暑く<u>侍</u>し日影も、い
　　　　と苦しからずおぼえて、むなしき庭に残りゐて候しかども、

　　　　　　　　　　　　　　　　　　　　　　　　　　　(巻五、p.238)

　　<5>의 「侍り」는 「修行者ども」라는 제삼자의 존재를 나타내는데
사용하고 있기 때문에 화제가 화자인 작자 자신에 관한 것이 아니다.
또한 <6>과 같이 「侍り」는 일반 독자보다 절대적 우위에 있는 존자에
대한 묘사나, <7>과 같이 화자 측 사항과는 관계없는 일반적 서술에까
지 아무런 제한 없이 사용되고 있다.
　　<5>~<7>의 「侍り」에는 동작 주체를 낮추는 기능이 미약하거나
또는 없기 때문에 이와 같은 표현이 가능하며, 「侍り」자체가 가지는 어
감만을 독자에게 나타내는 것으로 판단된다. 이 「侍り」는 문장에 표현
효과를 주기 위한 문체적 용법으로 쓰인 것으로 표현 주체인 작자가 작품
의 수용자인 독자에게 「侍り」가 주는 어감인 「雅び」·「古めかしさ」·
「改まり」등을 나타내는데 사용한 것이라 할 수 있다.

2) ＜候ふ＞

＜8＞　ことさら外様なる人もなく、しめやかなる御事どもにて、例の、
　　　常の御所にての御事どもなれば、逃げ隠れまゐらすべきやう
　　　もなくて、御前に候し。　　　　　　　　　　　　（巻二、p.89）

＜9＞　かかる御幸に参り会ふも、大菩薩の御心ざしなりと思ひしか
　　　ば、喜びも申さむなど思ひて、三日とどまりて、御社に候て後、
　　　京へ上りて、御文を参らすとて、　　　　　　　（巻五、p.245）

『とはずがたり』의 지문에서는 「候ふ」가 모두 53회 나오고 있으나, 52회가 ＜8＞・＜9＞와 같이 동작 주체가 존재하고 있는 장소 또는 그 곳에 있는 존자를 대우하는 겸양어 용법으로 사용되고 있다. ＜8＞의 「候ふ」는 존자의 옆에 삼가 존재하면서 시중을 들다(伺候する)라는 뜻으로 지문에 나오는 대부분의 「候ふ」가 이런 의미로 쓰였다. 또한 「候ふ」는 ＜9＞와 같이 「参籠する」라는 의미로도 사용되며, 동작 주체가 존재하고 있는 장소(신사・사찰 등)를 대우한다는 점에서 ＜8＞의 「候ふ」와 같은 용법으로 볼 수 있다.

　그리고 지문에서 많이 사용되는 「侍り」와 같은 문체적 용법의 「候ふ」는 다음 ＜10＞과 같이 단 한 차례만 사용되고 있다.

> <10>　平左衛門入道が二郎、飯沼の判官、いまだ使ひの宣旨もか
> うぶらで、新左衛門と申候が、その中に上るに、「流され人
> の上り給し跡をば通らじ」とて、足柄山とかやいふ所へ越え
> 行と聞こえしをぞ、みな人、「余りなる事」とは申侍し。

(巻四、p.180)

이상과 같이 지문에 사용된 「侍り」는 대부분이 작자가 문장에 표현 효과를 내기 위한 문체적 용법으로, 그리고 「候ふ」는 「伺候する」라는 의미의 겸양어 용법으로 주로 사용되었다. 이것을 용법별로 정리하면 <표11>과 같다.

<표11> 지문에 사용된 「侍り」・「候ふ」의 용법

敬　語 用　法	侍り	候ふ
謙　讓　語	6	52
美　化　語	226	1
計	232	53

2. 對話文의 「侍り」・「候ふ」

『とはずがたり』의 대화문에는 <표12>에서 보는 바와 같이 「侍り」가 137회, 「候ふ」가 209회, 「侍り」・「候ふ」의 총 사용 횟수는 346회이다. 이중에서 대화어 용법으로 「侍り」가 135회, 「候ふ」가 107회, 모두 242회가 쓰였다.[112]

---

112) 겸양어 용법 4회(「候ふ」), 자경 표현 6회 [「侍り」(1회), 「候ふ」(5회)],

<표12> 대화문에 있어서의 「侍り」・「候ふ」의 사용 횟수

巻 数 \ 敬 語	侍り	候ふ	計
一	35(1)	77(66)	112(67)
二	29	95(27)	124(27)
三	27	31	58
四	37	3	40
五	9	3	12
計	137(1)	209(93)	346(94)

( )는 편지문

이러한 분석을 토대로 대화문에 사용된 「侍り」・「候ふ」를 화자와 청자간 신분의 상하 관계에 따라 몇 가지 유형으로 분류해 정리한 것이 <표13>이다. 이들의 사용 상황을 다음과 같이 다섯 가지 유형으로 구분하여 구체적인 예를 통해 고찰해 본다.

<표13> 화자/청자간의 상하 신분 관계에 따른 「侍り」・「候ふ」의 사용 횟수

身分 関係 \ 敬 語	侍り	候ふ	5) [侍り]・[候ふ] 混用
1) 話者<聽者	65	68	13
2) 話者≒聽者	16	21	6
3) 話者>聽者	18	6	2
4) 話者 ? 聽者	24	1	2
計	123	96	23

편지문 94회 [「侍り」(1회), 「候ふ」(93회)]에 쓰인 「侍り」와 「候ふ」는 분석 대상에서 제외한다.

<비고> 1) 화자가 청자보다 하위인 경우

2) 화자와 청자간의 신분 격차가 거의 없는 경우

3) 화자가 청자보다 상위인 경우

4) 화자와 청자간의 신분 격차가 불분명한 경우

5) [侍り] · [候ふ] 의 혼용

1) 화자가 청자보다 하위인 경우

(1) [侍り]

<11> (久我大納言ガ後深草院ニ)「かかる御幸のうれしさも置き所
なきに、この物が心苦しさなむ、思やる方なく<u>侍る</u>。母に
は二葉にておくれにしに、我のみと思ひはぐくみ<u>侍り</u>つる
に、ただにさへ<u>侍ら</u>ぬを見置き<u>侍</u>なん、あまたの愁へにま
さりて、悲しさもあはれさも、言はん方なく<u>侍</u>」よし、泣く
泣く奏せらるれば、　　　　　　　　　　　　　　（巻一、p.24）

<12> (私が後深草院ニ)「(前略) 三十一字の言の葉を述べ、情け
を慕ふ所には、あまたの夜を重ね、日数を重ねて<u>侍れ</u>ば、あ
やしみ申人、都にもゐ中にもその数<u>侍り</u>しかども、修行者
といひ、梵論梵論など申風情の物に行き会ひなどして、心
のほかなる契りを結ぶためしも<u>侍</u>とかや聞けども、さるべ
き契りもなきにや、いたづらに一人片敷き<u>侍</u>なり。(中略)」
など申せば、　　　　　　　　　　　　　　　　（巻四、p.210）

<11>은 작자의 아버지 久我 大納言이 병문안 온 後深草院에게 딸의 장래를 부탁하는 장면이다. 「侍り」가 최상급의 신분인 청자(後深草院)에게 사용되고 있다.

『とはずがたり』에서는 작자의 아버지가 화자가 될 때는 당시의 대화어인 「候ふ」를 쓰지 않고 모두 「侍り」로 나타내는 특징이 있었다. 이것은 작자의 입장에서 보면 아버지는 죽은 사람, 즉 과거의 인물로 간주되어 「古めかしさ」를 나타내기 위해서 사용한 것으로 볼 수 있다.

<12>는 작자 二條와 오랜만에 재회한 後深草院과의 대화 내용으로 신분에 있어 화자와 청자간의 상하 관계가 상당히 있음에도 불구하고 청자인 後深草院에 대해서 화자는 「侍り」를 사용하고 있다. 작품 전반에 걸쳐서 특별한 경우를 제외하고는 後深草院을 비롯한 최상급 신분의 청자에 대해 「侍り」로 대우하고 있다. 이러한 경향은 헤이안 귀족사회에서 대화어로 전용된 「侍り」의 표현을 통해서 독자로 하여금 당시의 향수(「みやび」)를 느끼게 하는 효과를 얻기 위한 작자의 의도적 표현으로 판단된다. 「侍り」의 다른 예를 보면,

<13> (僧正ガ後深草院ニ)「頭をば、え割り<u>侍</u>らじ」と申されしを、
(巻二、p.71)

<14> (真願房ガ雪ノ曙ニ)「十念成就の終はりに、三尊の来迎をこそ待ち<u>侍る</u>柴の庵りに、思ひかけぬ人ゆゑ、折々かやうなる御袂にて尋ね入たまふも、山賊の光にや思ひ<u>侍</u>らん」などあり。
(巻二、p.103)

<15> (乳母ガ私ニ)「「秋の夜長く<u>侍。</u> 弾某しなどして遊ばせ<u>侍</u>らむ」
と、御父申。入らせ給へ」と、訴訟顔になりかへりて言ふさま
だに、   (巻一、p.36)

<13>은 연회에서 後深草院이 생선을 자르라고 명하지만, 승려가
차마 머리만은 자르지 못하겠다고 거절하는 부분이다. 여기서는 단호한
태도(「改まった態度」)를 나타내기 위해서 「侍り」를 사용한 것으로 볼
수 있다. 그러나 본 작품에서 <14>와 같이 승려가 화자나 청자일 때는
승려들의 고풍스러움을 나타내기 위해 「侍り」를 사용하는 경향이 있다.
그리고 「侍り」는 <15>와 같이 화자와 청자의 신분 차이가 그다지 크
지 않고 가까운 사이로 가볍게 대우하는 경우에도 사용되고 있다. 화자
가 청자보다 하위인 경우에 사용된 「侍り」 예를 정리하면 <표14>와
같다.

<표14> 화자가 청자보다 하위인 경우 [侍り]

対象 巻数	話　者　→　聴　者	回数	頁
巻一	久我大納言 → 後深草院	2	p.9
〃	久我大納言 → 後深草院	2	p.20
〃	久我大納言 → 後深草院	7	p.24
〃	乳父 → 二条	1	p.29
〃	乳母 → 二条	2	p.36
〃	二条 → 雪の曙	1	p.38
〃	二条 → 後深草院	1	p.39
〃	使者 → 後深草院	1	p.50
〃	二条 → 斎宮	2	p.58
〃	二条 → 後深草院	1	p.65
巻二	僧正 → 後深草院	1	p.71
〃	二条 → 有明の月	1	p.73
〃	資季 → 後深草院	1	p.89
〃	二条 → 雪の曙	1	p.101
〃	真願房 → 雪の曙	2	p.103
〃	二条 → 雪の曙	1	p.105
〃	近衛大殿 → 後深草院	3	p.114
巻三	二条 → 後深草院	1	p.123
〃	有明の月 → 後深草院	7	p.126
〃	二条 → 後深草院	1	p.136
〃	兼忠 → 春宮	1	p.163
巻四	二条 → 後深草院	1	p.207
〃	二条 → 後深草院	23	p.208〜
巻五	二条 → 遊義門院	1	p.244
計		65	

(2) 〔候ふ〕

　　　　<16> (公卿達ガ後深草院ニ)「久我尼上が申状、一旦そのいはれ
　　　　　　　なきにあらず。御所にて生い立ち候ぬる、出で所をこそ
　　　　　　　申て候といふ事、申に及ばず候。又、三瀬河をだに負ひ
　　　　　　　越し候なる物を」など申さるるほどに、　　　　(巻二、p.72)

　　　　<17> (私ガ後深草院ト公卿達ニ)「これ、身として思ひ寄らず候。
　　　　　　　十五日に、余りに御所、強く打たせおはしまし候のみなら
　　　　　　　ず、公卿、殿上人を召し集めて打たせられ候し事、本意な
　　　　　　　く思ひまゐらせ候しかども、身数ならず候へば、思ひ寄る
　　　　　　　方なく候しを、(中略)」と申せども、　　　　(巻二、p.69)

　　　　<18> (女童ガ後深草院ニ)「これを参らせて、はや宮こへ出ぬ。
　　　　　　　「さだめて召しあらば、参らせよ」とて、消息こそ候へ」
　　　　　　　と申けるほどに、　　　　(巻二、p.96)

　「候ふ」는 예문 <16>에서 보는 바와 같이 궁중에서 중앙 귀족들이
사용하던 당시의 대화어로서 대우성을 가진다. 그리고 화자 二條는 작품
전반에 걸쳐서 後深草院에 대해 「侍り」로 대우하고 있으나, <17>과 같
이 궁중의 공식적인 자리에서는 後深草院을 비롯한 다른 청자들에게 「候
ふ」를 사용하고 있다. 예문 <18>은 화자와 청자간의 신분적 상하 관계
가 매우 큰 경우이며 「候ふ」로 청자를 대우하고 있다. 화자가 청자보다
하위인 경우에 사용된 「候ふ」의 예를 정리하면 <표15>와 같다.

<표15> 화자가 청자보다 하위인 경우 [候ふ]

対象 巻数	話 者 → 聴 者	回数	頁
巻一	乳母 → 二条	2	p.36
巻二	まし水 → 師親	1	p.68
〃	公卿達 → 後深草院	5	p.68
〃	善勝寺大納言 → 後深草院	2	p.69
〃	二条 → 後深草院	10	p.69
〃	雪の曙 → 後深草院	1	p.71
〃	公卿達 → 後深草院	4	p.72
〃	有明の月 → 後深草院	1	p.77
〃	二条 → 有明の月	1	p.78
〃	資行中将 → 後深草院	1	p.81
巻二	二条 → 後深草院	1	p.83
〃	女童 → 後深草院	1	p.96
〃	善勝寺大納言(使) → 雪の曙	4	p.101
〃	近衛大殿 → 後深草院	1	p.107
〃	近衛大殿 → 後深草院	4	p.107
〃	近衛大殿 → 後深草院	17	p.108
巻三	承仕 → 二条	2	p.130
〃	二条 → 有明の月	1	p.130
〃	二条 → 後深草院	1	p.151
〃	二条 → 玄輝門院	4	p.151
巻四	沼次 → 二条	3	p.194
巻五	二条 → 遊義門院	1	p.244
計		68	

2) 화자와 청자간의 신분 격차가 거의 없는 경우

(1) 〔侍り〕

> <19> (大宮院)「我一人は余りにあいなく侍べきに、御渡りあれか
>   し」と、東二条へ申されたりしかば、   (巻一、p.54)

> <20> (後深草院)「今日は、珍しき御方の御慰めに、何事か」な
>   ど、女院御方へ申されたれば、(大宮院)「ことさらなる事
>   も侍らず」と返事あり。   (巻一、p.59)

> <21> (私ガ善勝寺大納言ニ)「かかる所に侍を、立ち寄りたまへか
>   し」など申たれば、   (巻二、p.98)

> <22> (善勝寺大納言ガ私ニ)「(前略)常ならん人の、『恋し、悲し、
>   あさまし、あはれ』と申つづけん哀にも、猶まさりて見え侍
>   しかば、本尊に向かい給らん念誦も推し量られて」など語る
>   を聞けば、   (巻二、p.100)

예문 <19>・<20>에서는 황실의 최고 신분을 청자로 하는 경우에
도「侍り」를 사용하고 있다. 그러나『とはずがたり』에서는 최상급 신
분의 인물이 동시에 서로 대우할 경우「侍り」를 쓰지 않고 <23>과 같
이「候ふ」를 사용한다. 다만 <21>・<22> 와 같이 신분이 그다지 높
지 않고 친분이 있는 경우는 상호간에「侍り」를 사용할 수 있다. 화자와
청자간의 신분 격차가 거의 없는 경우에 사용된「侍り」예를 정리하면

<표16>과 같다.

<표16> 화자와 청자간의 신분 격차가 거의 없는 경우 [侍り]

対象 巻数	話 者 → 聴 者	回数	頁
巻一	尼 → 尼	1	p.40
〃	大宮院 → 東二条院	1	p.54
〃	大宮院 → 後深草院	2	p.59
巻二	後深草院 → 亀山院	1	p.75
〃	善勝寺大納言 → 二条	2	p.85
〃	亀山院 → 後深草院	2	p.96
〃	二条 → 善勝寺大納言	1	p.98
〃	善勝寺大納言 → 二条	1	p.100
巻三	大宮院 → 両院	2	p.133
〃	亀山院 → 後深草院	1	p.134
〃	亀山院 → 後深草院	1	p.135
巻四	小町殿 → 二条	1	p.176
計		16	

(2) [候ふ]

<23> (後深草院ガ亀山院ニ)「ただしは、所狭き身のほどにて候とて、里に候を、にはかに、人もなしとて参りて候に、召し出でて候へば、あたりも苦しげに候。かからざらむ折は」など申さるれども、(亀山院)「御そばにて候はんずれば、あやまち候はじ。(中略)」など申させ給に、　　　　　　(巻三、p.134)

<24> 善勝寺、西園寺参りて、「これは別勅にて候物を」と言へど
　　　も、(隆親)「何とてあれ、さるべき事かは」と言はるる上は、

(巻二、p.95)

<23>의 「候ふ」는 황실의 최고 신분 상호간에 사용한 것이며 높임
의 정도도 매우 높다고 볼 수 있다. <24>의 「候ふ」는 궁중의 공식적
인 자리에서 통용되는 것으로 일상어적 성격이 강하다. 화자와 청자간
의 신분차가 거의 없는 경우에 사용된 「候ふ」의 예를 정리하면 <표
17>과 같다.

<표17> 화자와 청자간의 신분 격차가 거의 없는 경우 [候ふ]

対象 / 巻数	話　者　→　聴　者	回数	頁
巻一	乳母 → 乳父	1	p.37
〃	大宮院 → 後深草院	2	p.55
〃	大宮院 → 後深草院	2	p.59
巻二	隆親 → 二条	2	p.70
〃	善勝寺大納言 → 久我尼	1	p.72
〃	善勝寺大納言 → 隆親	1	p.95
巻三	大宮院 → 亀山院	1	p.133
〃	後深草院 → 亀山院	5	p.134
〃	亀山院 → 後深草院	4	p.134
〃	亀山院 → 大宮院	1	p.162
〃	大宮院 → 亀山院	1	p.162
計		21	

3) 화자가 청자보다 상위인 경우

(1) 〔侍り〕

> <25> その頃、真言の御談義といふ事始まりて、人々に御尋ねな
> どありしついでに、御参りありて、四五日御伺候ある事あ
> り。法文の御談義ども果てて、九献ちと参る。御陪膳に候
> に、(後深草院ガ宴会ニ来テイル人々ニ)「さても、広く尋
> ね、深く学するにつきては、男女の事こそ罪なき事に<u>侍</u>
> <u>れ</u>。逃れざらむ契りぞ、力なき事なり。されば、昔もため
> し多く<u>侍</u>。(下略)」
>
> (巻三、p.124)

> <26> (私ガ女童ニ) 「御尋ねあらば、宮こへ出<u>侍</u>ぬと申せ」と申置
> きて、出で侍ぬ。
>
> (巻二、p.95)

例文 <25>는 진언종 설법이 끝난 후 연회에 모인 사람들에게 남녀
관계에 대한 後深草院 자신의 생각을 피력하는 장면이다. 청자는 작자
二條를 비롯하여 「有明の月」도 포함되어 있다. 이 「有明の月」는 二條
에게 자신의 아이를 갖게 한 사람이다. 화자인 後深草院의 입장에서 보
면, 두 사람 관계를 인지하면서도 자신이 총애하는 二條를 사이에 둔 삼
각관계에 있는 인물로 심리적 부담을 느끼는 대상이다. 따라서 <25>에
서는 연회에 참석한 사람들 중에서도 특히 二條와 「有明の月」의 이러한
관계를 의식한 나머지 화자가 심리적 부담을 느끼는 상황에서 사용한
「侍り」라 할 수 있다. <26>에서도 작자는 여자 아이에게 後深草院에

게 전갈을 부탁하는 대화문에서 「侍り」를 쓰고 있으며, 화자가 청자보다 상위자인 경우라도 <25>·<26>과 같이 화자가 청자에 대한 심리적 배려나 부탁 등을 필요로 할 경우는 「侍り」를 쓰고 있다. 화자가 청자보다 상위자인 경우에 사용된 「侍り」 예를 정리하면 <표18>과 같다.

<표18> 화자가 청자보다 상위인 경우 〔侍り〕

対象 巻数	話 者 → 聴 者	回数	頁
巻一	雪の曙 → 二条	1	p.9
〃	後深草院 → 大阿闍梨	1	p.14
〃	雪の曙 → 二条	2	p.38
〃	後深草院 → 斎宮	1	p.57
巻二	有明の月 → 二条	1	p.73
〃	二条 → 女童	1	p.95
〃	雪の曙 → 善勝寺大納言	1	p.102
〃	雪の曙 → 二条	1	p.104
巻三	後深草院 → 有明の月	2	p.124
〃	後深草院 → 有明の月	4	p.125
〃	雪の曙 → 二条	1	p.129
〃	後深草院 → 承仕	1	p.130
〃	後深草院 → 二条	1	p.134
計		18	

(2) 〔候ふ〕

<27> (後深草院ガ善勝寺大納言ニ)「さる事なれども、出仕の人な

どにてもなし。それらまで仰せられ<u>候</u>はん事、余りに<u>候</u>。う
るはしく苦りぬべき事なり」と仰せあるに、　　　　　（巻二、p.71）

<27>은 「粥杖事件」으로 작자 二條의 죄상을 묻는 자리에서 작자
의 외척뿐만 아니라, 친척까지 죄를 물어야 한다는 작자의 외삼촌 善勝
寺 大納言의 의견에 반대하는 後深草院의 대화 장면이다. 화자인 後深
草院이 善勝寺 大納言의 집안에 대해서는 이미 죄상을 물어 배상을
받아내었다고 하는 청자에 대한 심리적 부담감이 있기 때문에 「候ふ」를
사용한 것이라 할 수 있다. <27>과 같이 화자가 청자보다 상위인 경우
에 사용된 「候ふ」의 예를 정리하면 <표19>와 같다.

<표19> 화자가 청자보다 상위인 경우 〔候ふ〕

対象　巻数	話　者　→　聽　者	回数	頁
巻二	後深草院　→　善勝寺大納言	2	p.71
〃	有明の月　→　二条	1	p.73
〃	後深草院　→　近衛大殿	1	p.107
〃	後深草院　→　近衛大殿	1	p.108
巻三	二条　→　承仕	1	p.130
計		6	

4) 화자와 청자간이 신분 격차가 불분명한 경우

(1) 〔侍り〕

<28> (ササガニノ女)「この有りさま、中々に<u>侍</u>」とて、降りず。ま

事に苦々しき心地して、(私)「我もとに、いまだ新しき衣の
<u>侍</u>るを着て、参り給へ。今宵しも大事の事有て」など言へど
も、   (巻二、p.83)

<29> さても、隅田川原近きほどにやと思ふも、いと大なる橋の、
     清水、祇園の橋の体なるを渡るに、きたなげなき男二人会
     ひたり。(私)「このわたりに、隅田川といふ川の<u>侍</u>なるは、い
     づくぞ」と問へば、(男二人)「これなん、その川なり。この橋
     をば須田の橋と申<u>侍</u>。昔は橋なくて、渡し舟にて人を渡し
     けるも、わづらはしくとて、橋出で来て<u>侍</u>。(下略)」
                                                        (巻四、p.187)

　　<28>에서는 二條가 後深草院에게 버림을 받고 비를 맞으며 기다리
고 있는 여인과 처음 대면한 장면에서 상호간 사용된「侍り」이다. 작품
전반에 걸쳐서「侍り」는 미지의 사람들과의 대화에 주로 쓰인다. 특히
예문 <29>와 같이 작자가 궁궐을 떠나 출가 후, 평범한 세속인으로
각지를 순례하는 수행길에서 처음 만나는 사람들과의 대화에「侍り」가
많이 사용되는 특징을 가지고 있다. 화자와 청자간의 신분 격차가 불분
명한 경우에 사용된「侍り」의 예를 정리하면 <표20>과 같다.

<표20> 화자와 청자간의 신분 격차가 불분명한 경우 [侍り]

対象 巻数	話 者 → 聴 者	回数	頁
巻一	雪の曙(使) → 家人	1	p.33
巻二	ささがにの女 → 二条	1	p.83
〃	二条 → ささがにの女	1	p.83
〃	隆親 → 人々	1	p.97
巻三	人々 → 人々	1	p.148
巻四	山伏 → 二条	1	p.173
〃	頼綱の御方 → 二条	1	p.181
〃	二条 → 男達	1	p.187
〃	男達 → 二条	5	p.187
〃	飯沼左衛門尉 → 二条	1	p.188
〃	二条 → 修行者	1	p.189
〃	大宮司 → 二条	1	p.203
〃	尚良 → 二条	1	p.204
巻五	遊女 → 二条	1	p.214
〃	二条 → ある女	1	p.216
〃	二条 → 春王	2	p.225
〃	春王 → 二条	1	p.226
〃	二条 → 僧	2	p.226
計		24	

(2) [候ふ]

<30> (葬式デ会ッタ男ガ私ニ)「稲荷の御前をば、御通りあるまじき
程に、いづ方へとやらん、回らせおはしましてしかば、こなた
は人も<u>候</u>まじ。(中略)」と言ふ。　　　　　　(巻五、p.229)

<28>・<29>와 같이 화자와 청자간의 신분 격차가 불분명하고 처음 만나는 사람끼리는 상호간에 「侍り」를 사용하는 경향이 있으나, <30>에서와 같이 後深草院의 장례식에서 만난 남자가 출가한 작자 二條에 대해서 「候ふ」로 대우하는 경우가 있다. 서로간의 신분도 모르고 초면이지만 만난 장소가 수행지가 아닌 京都이기 때문에 당시 중앙의 일상 언어로서 「候ふ」를 사용한 것으로 판단된다.

<표21> 화자와 청자간의 신분 격차가 불분명한 경우 〔候ふ〕

対象 巻数	話　者　→　聴　者	回数	頁
巻五	男　→　二条	1	p.229
計			1

5)〔侍り〕・〔候ふ〕의 혼용

<31>　さるほどに、隆顕申すやう、「祖父、叔父などとて、咎を行なはれ<u>候</u>、みな外戚に<u>侍る</u>。伝へ聞く、いまだ内戚の祖母<u>侍る</u>なり。叔母、又おなじく<u>侍る</u>。これに、いかが仰せなからん」と(後深草院二)申さる。　　　　　　　　　　　(巻二、p.71)

<32>　(実兼ガ後深草院二)「さるべきやう<u>候</u>はず。主を御使ひにてこそ仰せ<u>候</u>はめ。又、北山の准后こそ、幼くより御芳心にて、典侍大も<u>侍</u>しか」と申折に、　　　　　(巻二、p.71)

<31>・<32>와 같이 한 문장 속에서 화자가 같은 청자에게 「侍り」

와 「候ふ」를 동시에 사용하는 경우도 있다. 여기에 사용된 「侍り」는 모두
대우해야 할 대상의 존재를 나타내는데 사용했으며, 「候ふ」는 내상의 동직
에 중점을 두고 청자에게 정중히 표현하는데 사용된 것으로 볼 수 있다.
즉, 「侍り」와 「候ふ」가 가지고 있는 용법상의 차이에 따라 이와 같이 혼용
하는 경우도 있다. 「侍り」와 「候ふ」가 혼용되는 예를 정리하면 <표22>
와 같다.

<표22> 〔侍り〕 · 〔候ふ〕 의 혼용

対象 巻数	話　者　→　聴　者	敬語	回数	頁
巻一	後深草院 → 大宮院	候ふ	2	p.55
		侍り	2	〃
〃	大宮院 → 後深草院	侍り	1	p.56
		候ふ	1	〃
巻二	善勝寺大納言 → 後深草院	候ふ	1	p.71
		侍り	3	〃
〃	実兼 → 後深草院	候ふ	2	〃
		侍り	1	〃
〃	近衛大殿 → 後深草院	侍り	1	p.109
		候ふ	1	〃
巻三	稚児 → 二条	侍り	1	p.144
		候ふ	1	〃
〃	二条 → 大宮院	候ふ	1	p.155
		侍り	1	〃
〃	後深草院 → 公卿達	候ふ	1	p.167
		侍り	1	〃
巻五	ある女 → 二条	侍り	1	p.216
		候ふ	1	〃
計	侍り	12	合計	
	候ふ	11	23	

지금까지 『とはずがたり』의 대화문에 사용된 「侍り」와 「候ふ」를 화자와 청자간 신분의 상하 관계에 따라서 몇 가지 유형으로 나누어 고찰해 보았다. 이것을 대우 대상인 청자를 중심으로 구체적인 사용 실태를 정리한 것이 <표23>이다.

<표23> 청자 중심의 신분별 「侍り」・「候ふ」의 사용 실태[113]

聴者	敬語	侍り		候ふ	
		使用 回数	使用率(%)	使用 回数	使用率(%)
1)	天皇・院	61	49.6	64	66.7
	女院	2	1.6	6	6.3
	東宮・(内)親王	4	3.3		
	有明の月	8	6.5	2	2.1
2)	関白・太政大臣			2	2.1
3)	公卿	2	1.6	5	5.2
	雪の曙	5	4.0	4	4.2
4)	作者	27	21.9	11	11.4
	女房			1	1.0
	僧侶	4	3.3	1	1.0
	召使い	4	3.3		
5)	修行者	2	1.6		
	不明	4	3.3		
	計	123	100	96	100

<비고> 1) 천황을 비롯한 최상급 신분인 황족

　　　 2) 최고위급 관직

　　　 3) 2)보다 낮은 신분

---

113) 대화문에 사용된 「侍り」・「候ふ」의 혼용문 23예 (「侍り」12예・「候ふ」 11예)는 분석에서 제외했다.

4) 작자를 비롯한 공경 이하의 신분

5) 수행길에서 만난 사람이나 신분이 불분명한 경우

이상으로『とはずがたり』에 쓰인 지문과 대화문에 사용된「侍り」·「候ふ」의 표현에 관해 고찰·분석했다. 이를 용법별로 다시 분류하면 <표24>와 같다.

<표24>『とはずがたり』에 사용된「侍り」·「候ふ」의 용법별 분석

敬語用法 / 文巻数	侍り 謙讓語 地	対	対話語 地	対	美化語 地	対	自敬表現 地	対	計	候ふ 謙讓語 地	対	対話語 地	対	美化語 地	対	自敬表現 地	対	計	合計
一	5		34(1)	36				1	76(1)	6		76(66)					1	83(66)	159(67)
二			29	32					61	14		94(77)					1	109(27)	170(27)
三	1		27	36					64	21	4	24					3	52	116
四			37	52					89	3		3		1				7	96
五			9	70					79	8		3						11	90
計	6		136(1)	226				1	369	52	4	200(93)		1			5	262	631(94)

( )는 편지문

지문에서는「侍り」의 사용 횟수가 232회 보이며, 이중에서 6회만 겸양어 용법으로 쓰였고 나머지 226회는 작자가 독자에 대해서 문장의 표현 효과를 얻기 위한 문체적 용법으로 사용했다. 이와 같이 지문에서의

「侍り」는 헤이안 시대의 대우성과는 다른 특징을 나타내고 있다. 그리고 「候ふ」는 53회 쓰고 있으나, 한 차례를 제외하고는 모두 「伺候する」・「参籠する」라는 겸양어 용법으로 사용했다.

대화문의 「侍り」는

1) 청자는 서민 계층에서부터 천황에 이르기까지 그 대상으로 하고 있으나, 주로 서민 계층 상호간의 사용이 많았다.

2) 승려가 화자나 청자가 되는 경우에 사용하는 경향이 있다.

(「重々しい語気」)

3) 수행 길에서 처음 만난 사람들과의 상호 사용이 많다.

(「改まった態度」)

4) 「候ふ」에 비해서 높임의 정도가 떨어짐에도 불구하고 後深草院을 비롯한 황실 최고 신분에까지 사용되고 있다. 이것은 헤이안 시대의 구어인 「侍り」의 표현을 통해 왕조적 분위기(「古めかしさ」・「みやび」)를 나타내기 위한 것으로 판단된다.

그리고 「候ふ」는

1) 청자는 신분이 낮은 사람을 대상으로 하는 경우도 있으나, 공경 이상의 고위 관직자나 황실 관계의 사람들 상호간의 사용이 많아서 높임의 정도는 「侍り」보다 높다고 할 수 있다.

2) 궁중의 공식적인 장면이나 중앙에서 통용되는 일상어적 성격이 강하다.

3) 화자와 청자간의 신분 차가 클 때 사용한 예가 있다.

4) 「侍り」・「候ふ」 혼용문일 경우, 「侍り」는 대우해야 할 대상의 존재, 「候ふ」는 대상의 동작에 중점을 둔 표현이라 할 수 있다.

5) 중앙 사회 귀족들의 품격 유지나 교양의 정도를 나타낼 때 사용
된다.

第四章

結論

　본서는 중세 경어 연구의 일환으로 가마쿠라 시대의 여류일기『とは
ずがたり』에 나타난 경어를 중심으로 고찰해 보았다. 그 결과를 정리해
보면 다음과 같다.

　첫째, 尊敬 表現에 관해 살펴보면;

1) 헤이안 시대의 경어 용법을 계승하면서「仰せらる」·「おはす」와
　　같은 일부 존경어 동사의 높임 정도가 떨어지면서 상대적으로 최
　　상급의 신분을 대우할 때는「ー(ら)る」(ご覧ぜらる·召さる)나
　　「ー(さ)す」(賜はす)와 같은 존경을 나타내는 조동사를 접속한 복
　　합 형태의 경어 동사로 표현하는 특징이 있다.
2)「宣はす」의 사용은 보이지 않으며,「宣ふ」(「言ウ」)·「見そなは

す」(「見ル」)・「います」(「アル」)가 각각 1회씩만 사용되고 있어 이들 존경어 동사의 쇠퇴를 알 수 있다.

3) 「寝ル」의 존경어로 「御よる」・「御よる(に)なる」와 같은 새로운 경어 형식의 발생과 더불어 「参る」가 「飲食スル」의 존경어로, 「召す」가 「乗ル」・「着ル」의 존경어로 다양하게 사용되고 있다.

4) 존경을 나타내는 부가 형식으로는 「ー(さ)せおはします」・「ー(さ)せ給ふ」・「ーまします」・「ー給ふ」(四段)가 대표적으로 쓰이고 있으며, 「ー(さ)せ給ふ」의 높임 정도가 떨어짐에 따라 「ー(さ)せおはします」가 최고 경어로서 사용되고 있다.

5) 존경을 나타내는 조동사 「ー(さ)す」와 「ー(ら)る」는 「ー(さ)せ給ふ」・「ー(さ)せおはします」나 「遊ばさる」・「ご覧ぜらる」와 같이 존경어에 「ー(さ)す」나 「ー(ら)る」가 접속된 이중경어 형태로 쓰이고 있으며, 「ー(ら)る」가 「言はる」・「申さる」와 같이 일반 동사나 겸양어에 접속되어 사용되는 특징이 있다.

6) 「御ーあり」가 중고기에는 볼 수 없는 중세적 용법이라 할 수 있는 겸양어와 복합된 「御参りあり」형식, 그리고 「御ーあり」의 명령형 표현, 「御ーなし」와 같은 부정형 표현 등, 매우 다양한 형식으로 「御ーなる」형식과 더불어 사용되고 있다.

7) 존경을 나타내는 접두어로는 「御ー」・「尊ー」・「玉ー」・「宝ー」 등이 있으나, 「御ー」가 대표적 사용되고 있다. 「御ー」는 한어계 어휘 앞에서는 「ギョー」・「ゴー」, 和語(일부 한어 포함) 앞에서는 「ミー」・「オンー」・「オー」로 발음되나, 대부분의 어휘 앞에서는 「オンー」으로 발음되는 것이 많다. 존경을 나타내는 접미어

로는 「一公」・「一卿」・「一御前」・「一殿」・「一上」・「一君」 등이
사용되고 있으나, 「一御前」・「一殿」는 중고기에 비해서 높임의
정도가 떨어졌다.

8) 단일형용사 앞에 「御一」를 접속시킨 존경어 형식을 선행 연구에
서는 6語 8例를 제시하고 있으나, 자료를 분석한 결과 7語 11例
(「御わづらはし」・「御むつまし」・「御恨めし」・「御ゆかし」・
「御いたはし」・「御おぼつかなし」・「御幼し」)가 사용되고 있
음을 확인했다. 따라서 이 존경어 형식은 무로마치 시대 이후의
용법으로 간주되고 있으나, 그 발생과 성립 연대는 가마쿠라 시대
로 보아야 한다.

둘째, 謙讓 表現에 관해 살펴보면;

1) 언어 행동을 니티내는 것으로 「言ウ」의 겸양어로 「聞えさす」・
「聞ゆ」・「申す」가 있으나, 「申す」의 사용이 압도적으로 많으며
헤이안 시대에 많이 사용되었던 「聞ゆ」의 쇠퇴가 두드러짐을 볼
수 있다. 또한 본 작품의 지문에는 동작 개념을 가지는 한어에 「申
す」를 접속시켜 하나의 복합어로 만든 중고기에는 볼 수 없었던
「申す」의 중세적 특징이라고 할 수 있는 「辞退申す」(4회)・「祈
誓申す」(3회)・「祈誓し申す」(1회)와 같은 형식이 있다. 「言ウ」
의 겸양어로 「申す」이외에 「奏す」와 「啓す」가 있으나, 「奏す」는
天皇이나 최고 신분에 한해서만 사용되고 있다. 「聞ク」의 겸양어
로는 「承る」가 지문과 대화문에서 많이 사용되고 있으며 그 높임

정도도 대체로 높은 편이다.

2) 「行ク」・「出ル」의 겸양로는 「参る」와 「まかり出づ」가 쓰이고 있으며, 청자를 대우하는 용법으로 쓰인 「参る」의 용례는 본 작품에서 아직 보이지 않지만, 「サシアゲル」・「飲食スル」의 존경어로도 사용되고 있어서 그 의미 용법이 다양하다. 「まかり出づ」는 모두 겸양어 용법으로 쓰이며, 「参る」와는 반대로 동작 주체의 출발점에 있는 존자나 대상에게 경의를 나타내는데 사용되고 있다.

3) 존재 관계를 나타내는 「アリ」・「オリ」의 겸양어로는 「侍り」와 「候ふ」가 있다. 「侍り」는 지문과 대화문에서 겸양어 용법으로 쓰인 용례가 드물고, 이 용법으로는 지문에 쓰인 「候ふ」가 「伺候スル」라는 의미로 많이 사용되고 있다.

4) 수수 관계를 나타내는 것으로는 「与エル」의 겸양어인 「参る」・「参らす」・「奉る」가 있고, 「モラウ」의 겸양어인 「賜はる」와 「承る」를 들 수 있다. 「賜はる」는 중세적 용법인 「与エル」의 존경어로 쓰인 예가 있다.

5) 봉사 관계를 나타내는 것으로는 「奉仕スル」라는 의미의 겸양어 「仕うまつる」가 4회 사용되고 있으나, 본 자료에서는 「仕うまつる」가 대자 경어로 쓰이는 경우는 없다. 그리고 「スル」의 겸양어로 「致す」가 1회 쓰이고 있으나, 경어로서의 제 기능을 아직 완전히 확립하지 못한 단계의 것으로 분석된다.

6) 겸양어 형식의 보조동사로는 「ー聞ゆ」・「ー申す」・「ー奉る」・「ー参らす」가 있으나, 「ー聞ゆ」는 1회 밖에 사용하고 있지 않아

그 쇠퇴를 알 수 있다. 각 겸양 보조동사의 높임 정도는 이들 경어의 대우 대상이 넓게 분포되어 있어서 서로간의 경중을 구분하기는 어렵다. 다만 대화문에서 경어 사용자가 남성일 때「ー申す」를, 여성일 때는「ー奉る」・「ー参らす」를 사용한다. 지문에서「ー奉る」는 신불에게 경의를 나타내는 경우에 많이 쓰이며, 「ー参らす」는 여성을 대우할 때 많이 사용되는 경향이 있다.

7) 겸양 표현에 쓰이는 한어계 접두어로『とはずがたり』에는「小ー」(小家)・「拝ー」(拝礼) 등 몇 가지만 있다. 겸양을 나타내는 접미어로는「ーども」・「ーら」의 용례가 있으나, 겸양의 의미는 없고 단순히 複數를 나타내는 의미로만 사용되고 있다.

셋째, 對者 表現에 관해 살펴보면;

1) 본래 겸양어 용법으로 사용되었던「申す」・「まかる」・「まうで来」가 용법의 변화에 따라 대화문에서 청자에게 경의를 나타내는 정중어 용법으로 사용되고 있다. 그리고 중세 이후 대화문에서 청자를 대우하는 정중어 용법으로 사용되는「参る」・「仕うまつる」・「致す」에 있어 이러한 용법은 본 작품에서는 아직 보이지 않고 겸양어 용법으로만 쓰이고 있다.

2)「申す」・「まかる」・「まうで来」・「侍り」는 종래의 용법을 계승하면서, 지문에서는 중세 경어의 특질이라고 할 수 있는 문체적 용법으로 다음과 같이 사용되고 있다.

(1)「申す」는 상대・중고기의 용법을 계승하면서 한편으로 용법의

다양성이 인정된다. 특히 지문에서 작자는 문장의 표현 효과를 얻기 위해 문체적 용법으로 「申す」를 73회나 사용하고 있다.

(2) 「まかる」는 모두 28회 쓰이고 있으나, 편지나 대화문의 4회 (정중어 용법)를 제외한 나머지 24회는 지문에서 「申す」와 마찬가지로 문체적 용법으로 쓰이고 있다.

(3) 「まうで来」는 본문에 2회밖에 사용되지 않았으나, 대화문과 지문에서는 각각 정중어 용법과 문체적 용법으로 쓰였다.

(4) 「侍り」가 지문에 232회나 사용되고 있고, 그 대우성은 중고기 와 다르며 문장어 성격이 강하다.

중세 경어의 특질이라고 할 수 있는 이 문체적 용법은 독자를 의식한 작자의 대인태도를 말하며, 이것은 대화문에서 흔히 볼 수 있는 특정한 청자를 대우하기 위한 정중어 용법과는 구별된다. 이들 경어 표현은 작자가 독자에 대한 일종의 「장중함」·「정중함」· 「우아함」 등을 표현하여 문장의 미적 효과를 얻기 위한 것으로 청자에 대한 배려는 경의적 배려라기보다 미적 배려로 볼 수 있다.

3) 대화문에서 「侍り」는

(1) 청자는 서민 계층에서 천황에 이르기까지 그 대상으로 하고 있으나 서민 계층 상호간의 사용이 두드러진다.

(2) 승려가 화자나 청자가 되는 경우에 사용하는 경향이 있다.

(3) 수행 길에서 처음 만난 사람들과의 상호 사용하는 경우가 많다.

(4) 後深草院을 비롯한 황실 최고 신분에까지 쓰이고 있으며, 헤이안 시대의 대화어 「侍り」의 표현을 통해 왕조적 분위기를 나타내기 위해 사용되고 있다.

4) 대화문에서 「候ふ」는

(1) 청자는 신분이 낮은 사람을 대상으로 하는 경우가 있으나, 공경 이상의 고위 관직자나 황실 관계자들 상호간의 사용이 많아 높임의 정도는 「侍り」보다 높다고 할 수 있다.

(2) 궁중의 공식석상에서 통용되는 일상어적 성격이 강하다.

(3) 화자와 청자간의 신분 격차가 클 때 사용하는 예가 있다.

(4) 중앙 귀족들의 품격 유지나 교양의 정도를 나타낼 때 사용하는 특색이 있다.

　　대화문에 있어서 「候ふ」는 중앙 귀족 중심의 일상 언어적 성격이 강하고, 「侍り」는 작자가 수행 길에서 만나는 서민 상호간의 사용이 많다. 이러한 사용법은 다른 자료에서도 볼 수 있는 중세의 일반적인 용법이다. 그러나 『とはずがたり』에는 당시의 대화어라고 할 수 없으며, 높임의 정도도 낮은 「侍り」가 천황을 비롯한 높은 신분에게 많이 사용되고 있어 어법상 또 다른 큰 특징을 나타내고 있다. 대화문에 사용된 이러한 「侍り」의 표현성은 작자의 집필 자세가 헤이안 시대의 귀족 사회를 동경하는 擬古意識에 의한 것이며, 「侍り」의 사용에 따른 문장의 표현 효과를 나타내기 위한 것으로 판단된다.

　　이상을 총괄해 보면, 『とはずがたり』에는 소재 경어인 존경어・겸양어가 상대・중고기 이후의 용법을 계승하면서 「御一あり」형식을 비롯한 이중경어와 같은 매우 다양한 경어 형식이 사용되고 있음을 볼 수 있다. 또한 본래 겸양어 용법으로 쓰였던 「申す」・「まかる」・「まうで

来」가 청자에게 경의를 나타내는 대자 경어로 그 용법 변화를 일으키면서 청자를 중시하는 근대 경어로의 기반을 구축해 가고 있다. 아울러 「申す」·「まかる」·「まうで来」·「侍り」가 상대·중고기에는 볼 수 없었던 문체적 용법으로 사용되고 있음을 이상의 자료 분석들을 통해 알 수 있었다. 중세 경어의 특징이라고 할 수 있는 이 문체적 용법은 후대의 『御伽草子』 등의 문체에 영향을 주고 있으며, 근세 이후 발달하는 미화어 표현과 그 용법이 같다고 할 수는 없으나, 그 원류가 되는 표현이라 할 수 있다.

■ 参考文獻 ────────────────────────

<註釋書>

三角洋一 校注(1994)『新日本古典文学大系 とはずがたり』岩波書店

福田秀一 校注(1978)『新潮日本古典集成 とはずがたり』新潮社

次田香澄 訳注(1966)『日本古典全書 とはずがたり』朝日新聞社

＿＿＿＿＿＿＿＿＿＿(1987)『講談社学術文庫 とはずがたり(上)・(下)』講談社

松本寧至 訳注(1968)『とはずがたり(上)・(下)』角川文庫

久保田淳 校注(1985)『完訳 日本の古典 とはずがたり(一)・(二)』小学館

渡辺綱也 校注(1966)『日本古典文学大系 沙石集』岩波書店

山田孝雄 校注(1961)『日本古典文学大系 今昔物語』岩波書店

池田亀鑑・岸上慎二 校注(1958)『日本古典文学大系 枕草子』岩波書店

小鳥憲之・新井栄蔵 校注(1989)『新日本古典文学大系 古今和歌集』岩波書店

阪倉篤義 校訂(1970)『竹取物語』岩波書店

柳井 滋 他 校注(1993)『新日本古典文学大系 源氏物語(一)』岩波書店

<單行本>

穐田定樹(1976)『中古中世の敬語の研究』清文堂

石坂正蔵(1944)『敬語史論考』大八洲出版

大石初太郎(1983)『現代敬語研究』筑摩書房

大久保一男(1995)『源氏物語の敬語法』おうふう

鎌倉時代語研究会 編(1978)『鎌倉時代語研究』武蔵野書院

菊地康人(1994)『敬語』角川書店

北原保雄 編(1978)『論集 日本語研究 9 敬語』有精堂出版

金田一京助(1959)『日本の敬語』角川書店

国田百合子(1977)『続編・女房詞の研究』笠間書院

国文学編集部 編(1960)『国文学 敬語法の総合探究』5-2 学灯社

_____(1966)『国文学 敬語法のすべて―古典語と現代語―』11-8
学灯社

_____(1972)『国文学 敬語ハンドブック―現代語・古典語―』
17-4 学灯社

_____(1977)『国文学 あなたも敬語が正しく使える』21-12 学灯社

_____(1981)『国文学 敬語の手帖』26-2 学灯社

_____(1988)『国文学 敬語セミナA―Z』33-15 学灯社

小久保崇明(1977)『続編・大鏡の語法の研究』桜楓社

小島俊夫(1974)『後期江戸ことばの敬語体系』笠間書院

桜井光昭(1966)『今昔物語の語法の研究』明治書院

_____(1983)『敬語論集―古代と現代―』明治書院

至文堂編集部 編(1956)『国文学 解釈と鑑賞 敬語―変遷と現代の課題―』
21-5 至文堂

_____(1967)『国文学 解釈と鑑賞 敬語のとらえ方』32-11 至文堂

杉崎一雄(1988)『平安時代敬語法の研究 ―「かしこまりの語法」とその周
辺―』有精堂出版

鈴木一彦・林巨樹 編(1984)『研究資料 日本文法 9 敬語法編』明治書院

辻村敏樹(1967)『現代の敬語』共文社

_____(1968)『敬語の史的研究』東京堂出版

_____(1991)『敬語の用法』角川書店

_____(1992)『敬語論考』明治書院

辻村敏樹 編(1971)『講座 国語史 5 敬語史』大修館書店

_____(1992)『とはずがたり総索引』笠間書院

時枝誠記(1941)『国語学原論』岩波書店

中田祝夫　他編(1983)『古語大辞典』小学館

西田直敏(1978)『平家物語の文体論的研究』明治書院

＿＿＿＿＿＿(1987)『国語学叢書13　敬語』東京堂出版

日本大辞典刊行会　編(1980)『日本国語大辞典(縮刷版)』小学館

布山清吉(1982)『「侍り」の国語学的研究』桜楓社

根来　司(1973)『続編・平安女流文学の文章の研究』笠間書院

蜂谷清人(1977)『狂言台本の国語学的研究』笠間書院

林四郎・南不二男　編 (1974)『敬語講座①　敬語の体系』明治書院

＿＿＿＿＿＿＿＿＿＿(1974)『敬語講座②　上代・中古の敬語』明治書院

＿＿＿＿＿＿＿＿＿＿(1974)『敬語講座③　中世の敬語』明治書院

＿＿＿＿＿＿＿＿＿＿(1974)『敬語講座④　近世の敬語』明治書院

＿＿＿＿＿＿＿＿＿＿(1974)『敬語講座⑩　敬語研究の方法』明治書院

松下大三郎(1930)『改撰標準日本文法』中文館書店

南不二男(1974)『現代日本語の構造』大修館書店

南不二男　他(1977)『講座　日本語　4　敬語』岩波書店

宮腰　賢 (1986)『まぬる・まゐらす考』桜楓社

宮地幸一 (1972)『おはす活用考』白帝社

＿＿＿＿＿＿(1980)『ます源流考』桜楓社

宮地裕(1971)『文論　ー現代語の文法と表現の研究(一)ー』明治書院

宮地裕　他編(1981)『講座　日本語学　9　敬語史』明治書院

山崎久之(1990)『続　国語待遇表現体系の研究』武蔵野書院

山田孝雄(1924)『敬語法の研究』宝文館

＿＿＿＿＿＿(1954)『平家物語の語法』宝文館

湯沢幸吉郎(1970)『室町時代言語の研究』風間書房

論攷集編集委員会　編(1991)『平安時代敬語の研究　ー森昇一論攷集ー』おう
ふう

渡辺　実(1971)『国語構文論』塙書房

和田英松(1953)『修訂　官職要解』明治書院

藁谷隆純(1989)『中古・中世の敬語』教育出版センター

＜論文＞

青柳好信(1986)「敬語研究(四)とはずがたりの敬語」『栃木県立足利高校研究
　　　　　収録』9

穐田定樹(1955)「敬語の場面的転成とその変遷一所謂「被支配待遇」表現につい
　　　　　て一」『国語国文』24-6

＿＿＿＿＿(1958)「中世の敬譲法　一狂言の「申す」「いたす」「存ずる」など一」『国
　　　　　語国文』27-11

＿＿＿＿＿(1960)「「致す」「仕る」の交渉」『国語国文』29-4

＿＿＿＿＿(1962)「「申す」と「聞ゆ」一源氏物語・枕草子を資料として一」『国
　　　　　語国文』31-11

＿＿＿＿＿(1965)「続「申す」と「聞ゆ」一源氏物語以後一」『国語国文』34-9

＿＿＿＿＿(1966)「「まゐる」「まゐらす」」『国語国文』35-5

＿＿＿＿＿(1968)「「宣はす」「仰せらる」とその周辺」『親和女子大学研究論叢』2

＿＿＿＿＿(1969)「謙譲語と謙譲語表現」『親和女子大学研究論叢』3

＿＿＿＿＿(1973)「尊敬語と謙譲語」『親和女子大学研究論叢』6

＿＿＿＿＿(1975)「漢文体の「致す」」『親和国文』9

石井幸子(1979)「尊敬助動詞「る・らる」の一用法　最高級位者を動作とする
　　　　　場合」『解釈』25-9

＿＿＿＿＿(1985)「「申す」の用法　一古今著聞集と沙石集より見た一」『文学論
　　　　　藻』59-85

石井文夫(1973)「尊敬語「一せ(させ)おはします」について一　その敬語史的検
　　　　　討」『言語と文芸』76

石坂正蔵(1957)「敬語法」『日本文法講座1 総論』明治書院

泉 基博(1997)「十訓抄の敬語 ー補助動詞「侍り・候ふ」ー」『語文』69

伊藤和子(1953)「源氏物語にあらはれた「給ふる」と「侍り」」『国語国文』22-1

大久保一男(1991)「「御」の使用と用言性敬語の不使用 ー源氏物語の場合ー」
　　　　　　　『国学院雑誌』92-6

大塚光信(1966)「中世敬語の特質」『国文学 敬語法のすべてー古典語と現代
　　　　　　語ー』11-8 学灯社

大野玲子(1967)「源氏物語における「〜せたまふ」「〜させたまふ」の考察」『玉
　　　　　　藻』2

岡崎正継(1964)「「申す」「聞えさす」「聞ゆ」ー官位・身分・人名を承ける場合
　　　　　　について一」『文学・語学』32

小川輝夫(1989)「平安女流日記文学の「侍り」の研究 ー『和泉式部日記』を中
　　　　　　心にー『文教国文学』24

片岡 了(1975)「素材敬語から対話敬語へ」『文芸論叢』4

＿＿＿＿(1976)「中世語「申す」の表現内容の多様性」『文芸論叢』6

勝山幸人(1990)「中古における「申さる」という表現」『山口国文』13

川岸敬子(1976)「辻村敏樹氏の「美化語」について」『国文』45

＿＿＿＿(1977)「平家物語における補助動詞「奉る」「参らす」「申す」(上、下)
　　　　　　『国文学研究』61・62

＿＿＿＿(1979)「太平記における「ー奉ル」「ー参ラス」「ー申ス」」『国語学』117

川崎加代(1985)「とはずがたりの二重敬語「せ給ふ」「せおはします」について」
　　　　　　『高知大 国文』16

北原保雄(1978)「敬語の構文論的考察 ー動詞の敬語法とそのアスペクトー」
　　　　　　『論集日本語研究9 敬語』有精堂出版

金田一京助(1942)「女性語と敬語」『国語研究』八雲書林

国田百合子(1964)「敬語接頭辞と動作語・形容詞との融合」『文学・語学』33

_____(1969)「御湯殿上日記にみえる女房詞の構成法 ―敬語接頭辞と形容語との関係―」『日本女子大学文学部紀要』19

_____(1981)「宮廷女房の敬語」『国文学』26-2増 学灯社

黒沢幸子(1975)「中世説話集における待遇表現の研究 ―「候ふ」「侍り」を中心に―」『文学論藻』50

桑田 明(1963)「地位表現・敬軽表現・荘重表現 ―待遇語法の改編―」『言語と文芸』5-2

近藤政美(1970)「平家物語諸本における形容詞の謙譲表現について」『説林』19

_____(1972)「鎌倉時代における形容詞の敬譲表現について―金沢文庫文書を中心にして―」『名古屋大学国語国文学』30

桜井光昭(1965a)「今昔物語集の申ス」『国語学』62

_____(1965b)「今昔物語集の申スから見た古代敬語試論」『早稲田大学教育学部学術研究』14

_____(1971)「近代の敬語Ⅰ」『講座 国語史 5 敬語史』大修館書店

_____(1974)「撰集抄の侍り」『国語学』99

重見一行(1979)「後撰和歌集詞書における「侍り」多用に関する試論」『国語と国文学』56-10

新藤喜代子(1972)「敬語接頭辞 「御(オ・オン・ミ・ゴ・ギョ)」について」『国文目白』11

新免理恵(1983)「とはずがたりにおける敬語」『山田国文』6

末吉温子(1993)「「とはずがたり」飛鳥井雅有日記」の尊敬語」『甲南国文』40

杉崎一雄(1972)「古典敬語の語彙の分析」『国文学 敬語ハンドブック―現代語・古典語―』17―4 学灯社

鈴木裕史(1991)「とはずがたりの尊敬表現 ―構文要素別敬語使用率の観点から―」『国学院雑誌』92-9

武田 孝(1976)「御伽草子における「侍り」の用法」『解釈』22-11

田嶋虎忠(1976)「宇治拾遺物語の「申ス」」『高知大国文』7

田中しげ子(1977)「讃岐典侍日記の敬語 ―院政期の敬語について―」『米沢国語国文』4

辻村敏樹(1963)「敬語の分類について」『言語と文芸』5-2 有精堂出版

_____(1969)「敬語法をめぐる争点」『文法』2-1

_____(1988)「敬語分類の問題点をめぐって」『国文学研究』94

西田直敏(1981)「どうすれば古典の敬語が理解できるか」『国文学 敬語の手帖』26-2 学灯社

根来 司(1991)「源氏物語における敬語 ―敬語と謙譲―」『武庫川国文』38

野口昌美(1989)「大鏡に於ける謙譲語「申す」と「聞ゆ」について」『九州大谷国文』18

萩野貞樹(1995)「いわゆる謙譲語の問題の一側面「申される」をめぐって」『産能大学紀要』16-1

萩野棟省(1978)「「申される」について」『月刊ことば』2-10

南崎 普(1976)「蜻蛉日記における敬譲の「る」「らる」について」『新国語研究』20

宮内健治(1979)「とはずがたりの丁寧語「侍り」と「候ふ」」『解釈』25-4

_____(1980)「とはずがたりの尊敬語」『解釈』26-7

宮地 裕(1981)「敬語史論」『講座日本語学9 敬語史』明治書院

森昇一(1969)「「仰せらる」の敬語化 」『国語研究』27

_____(1972)「平安時代の敬語表現 ―使役と最高敬語―」『国学院雑誌』73-11

森野宗明(1967)「丁寧語「候ふ」の発達過程について ―中古・院政期初頭における状況―」『国語学』68

諸節 敬(1975)「接頭語<御>の読みについて ―中古中世における尊敬の接頭語「御」の読みについて―」『青山語文』5

山田 厳(1974)「中世の敬語概観」『敬語講座③ 中世の敬語』明治書院

若林俊英(1978)「沙石集の会話文における「侍り」と「候ふ」」『湘南文学』12

_____(1980a)「とはずがたりの敬語 ―主語尊敬の助動詞・補助動詞と
　　　　　「御―あり」「御―なる」の形式―」『湘南文学』14

_____(1980b)「とはずがたりの敬語 ―「―奉る」「―参らす」「―申す」―」
　　　　　『解釈』26-9

_____(1982)「中務内侍日記の敬語 ―主語尊敬表現を中心にして―」
　　　　　『湘南文学』16

渡辺英二(1974a)「「謙譲」表現と「謙譲尊敬」表現 ―源氏物語・地の文の敬
　　　　　語―」『国語国文研究』51

_____(1974b)「謙譲語の敬意表現 ―源氏物語・会話文の敬語―」『国語
　　　　　国文研究』52

和田利政(1967)「とはずがたりの敬語 ―御―形容詞・覚え給ふ―」
　　　　　『国文学雑誌』68-12

藁谷隆純(1986)「十六夜日記の敬語」『創価女子短期大学紀要』2

都基禎(1993a)「中世 日本語에 있어서의 敬語의 特質」『日語日文學研究』22
　　　　　韓國日語日文學會

_____(1993b)「『とはずがたり』의 待遇表現 ―謙譲語와 그 주변을 중심으로
　　　　　―」『日語教育』9 韓國日本語教育學會

_____(1994)「とはずがたりにおける「申す」「まかる」「まうでく」の用法」『仏
　　　　　教大学大学院紀要』22

_____(1997)「沙石集의 待遇表現」『日語教育』14 韓國日本語教育學會

_____(1998)「『とはずがたり』의 敬語 ―「侍り」를 중심으로―」
　　　　　『日本文化學報』5 韓國日本文化學會

_____(2000)「중세 일본어에 있어서「申す」「まかる」「まうでく」의 용법―『とは
　　　　　ずがたり』를 자료로 해서―」『인문사회연구』2 남서울대학교

_____(2001)「『とはずがたり』의 敬語 硏究 ―敬語接頭語「御」과 그 表現形

式을 중심으로－」『日語教育』19 韓國日本語教育學會

_____(2002a)「『とはずがたり』의 敬語研究 －文體的用法을 중심으로－」『日語日文學研究』41 韓國日語日文學會

_____(2002b)「『とはずがたり』의 敬語研究－「侍り」와「候ふ」를 중심으로－」『日本文化學報』15 韓國日本文化學會

_____(2005)「中世語「申す」의 用法 －『とはずがたり』의 用例를 중심으로－」『日語教育』33 韓國日本語教育學會

『とはずがたり』의 敬語 研究

附錄

基礎 分析 資料

<資料Ⅰ> 「申す」의 分析
<資料Ⅱ> 「罷る」의 分析
<資料Ⅲ> 「まうで来」의 分析
<資料Ⅳ> 「侍り」・「候ふ」의 分析

<凡 例>

(1) 텍스트는 「岩波 新日本古典文学大系」의 『とはずがたり』(宮内庁書陵部蔵御所本)를 사용했다.

(2) 「文」에 있어서 「地」는 지문, 「対」는 대화문, 「書」는 서간문을 말한다.

(3) (使)는 使者를 가리키며, 동작 주체・객체가 불분명할 경우에는 「?」로 표시한다.

(4) 지문일 때는 동작 주체・동작 객체를 표시하고, 대화문(서간문 포함)일 때는 화자와 청자를 표시한다.(A → B일때 A는 화자, B는 청자) 그리고 경의의 대상이 청자가 아닐 경우에는 ( )안에 그 대상을 명기한다.

(5) 「罷る」에 있어서 「출발점」이란 동작 주체의 출발 지점을 말한다.

(6) 「まうで来」에 있어서 「도착점」이란 동작 주체의 도착 지점을 말한다.

(7) 「侍り」가 지문에서 미화어로 사용될 때는 작자/독자로 표시한다.

(8) 경어의 종류는 존경어・겸양어・정중어・미화어・대화어로 나누어서 분류하고 화자가 스스로에게 경의를 나타내는 것을 자경 표현으로 구분했다.

<資料Ⅰ> 「申す」의 分析

・巻一

頁	行	文	動作 主体/話者	動作 客体/聴者	種類
3	8	地	久我大納言	後深草院	謙讓語
7	10	地	作者	後深草院	謙讓語
〃	15	地	作者	後深草院	謙讓語
8	9	対	人々 → 人々 （久我大納言)		謙讓語
〃	10	対	久我大納言 → 人々 （後深草院)		謙讓語
9	2	地	久我大納言	後深草院	謙讓語
〃	11	地	家人	家人	美化語
〃	13	地	作者	後深草院	謙讓語
11	1	地	人々	善勝寺大納言	謙讓語
12	11	地	久我大納言	後深草院	謙讓語
13	10	地	作者	後深草院	謙讓語
14	6	地	女房	後深草院	謙讓語
〃	9	地	後深草院	有明の月	謙讓語
15	9	地	人々	姫宮	謙讓語
16	4	地	陰陽師	後深草院	謙讓語
17	3	地	お使い	後深草院	謙讓語
〃	6	地	両六波羅	法皇	謙讓語
〃	9	地	作者	両院	謙讓語
〃	12	地	女房	作者	美化語
〃	12	地	作者	?	美化語
18	3	地	長老	神仏	謙讓語

18	7	地	長老	神仏	謙譲語
〃	14	地	人々	人々	美化語
19	5	地	久我大納言	後深草院	謙譲語
〃	8	地	久我大納言	両院	謙譲語
〃	10	地	久我大納言	後深草院	謙譲語
20	4	対	久我大納言 → 後深草院		謙譲語
〃	5	対	久我大納言 → 後深草院		謙譲語
〃	8	対	久我大納言 → 後深草院		鄭重語
〃	9	地	久我大納言	後深草院	謙譲語
21	3	地	人々	久我大納言	謙譲語
〃	4	地	前駆達	久我大納言	謙譲語
〃	6	地	医者	久我大納言	謙譲語
24	1	地	久我大納言	後深草院	謙譲語
27	13	対	久我大納言 → 作者 　　(神仏)		謙譲語
〃	13	地	作者	神仏	謙譲語
〃	15	地	作者	神仏	謙譲語
30	1	地	人々	京極女院	謙譲語
33	5	対	雪の曙(使) → 作者		鄭重語
36	5	対	乳母 → 作者		鄭重語
〃	9	対	乳母 → 作者		鄭重語
37	11	対	乳母 → 作者 　　(雪の曙)		謙譲語
38	1	対	乳母 → 作者		鄭重語
〃	2	対	乳母 → 作者		鄭重語
〃	6	対	作者 → 雪の曙		鄭重語
39	5	対	作者 → 後深草院		鄭重語

39	5	地	作者	後深草院	謙譲語
44	1	地	作者	神仏	謙譲語
〃	5	地	御所	御室	謙譲語
〃	13	地	人々	皇子	謙譲語
46	1	地	作者	後深草院	謙譲語
〃	3	地	作者	後深草院	謙譲語
48	7	地	作者	後深草院	謙譲語
〃	9	対	雪の曙 → 作者　　(後深草院)		謙譲語
〃	13	地	作者	後深草院	謙譲語
49	1	対	善勝寺大納言 → 作者		鄭重語
〃	1	地	善勝寺大納言	作者	美化語
〃	1	対	作者 → 善勝寺大納言		鄭重語
50	13	対	後深草院 → 使者		自敬表現
52	15	地	鎌倉幕府	春宮	謙譲語
53	12	地	後深草院	若宮	謙譲語
54	13	地	大宮院	東二条院	謙譲語
〃	14	地	大宮院	後深草院	謙譲語
〃	15	地	大宮院	後深草院	謙譲語
〃	15	対	後深草院 → 大宮院		謙譲語
55	8	対	後深草院 → 大宮院		鄭重語
〃	8	対	後深草院 → 大宮院		鄭重語
〃	8	対	後深草院 → 大宮院		鄭重語
〃	8	地	後深草院	大宮院	謙譲語
〃	10	地	大宮院	後深草院	謙譲語
56	8	地	大宮院(使)	後深草院	謙譲語

57	3	地	後深草院	斎宮	謙譲語
〃	5	対	後深草院 → 作者　　(斎宮)		謙譲語
〃	11	対	作者 → 斎宮　　(後深草院)		謙譲語
〃	12	地	作者	斎宮	謙譲語
〃	12	対	斎宮 → 作者		謙譲語
〃	13	地	作者	後深草院	謙譲語
59	1	地	後深草院	大宮院	謙譲語
〃	3	地	善勝寺大納言	後深草院	謙譲語
〃	3	地	後深草院	大宮院	謙譲語
〃	5	地	大宮院	斎宮	謙譲語
〃	10	地	大宮院	後深草院	謙譲語
〃	14	地	作者	斎宮	謙譲語
〃	14	地	作者	後深草院	謙譲語
60	1	地	大宮院	後深草院	謙譲語
〃	5	地	大宮院	後深草院	謙譲語
〃	5	地	大宮院	斎宮	謙譲語
〃	6	対	大宮院 → 後深草院		鄭重語
〃	7	地	大宮院	後深草院	謙譲語
〃	12	地	後深草院	大宮院	謙譲語
61	8	書	東二条院(使) → 後深草院		鄭重語
〃	14	書	後深草院 → 東二条院		鄭重語
〃	15	書	後深草院 → 東二条院		鄭重語
〃	15	書	後深草院 → 東二条院		鄭重語
62	2	書	後深草院 → 東二条院		鄭重語
〃	3	書	後深草院 → 東二条院		鄭重語

62	7	書	後深草院 → 東二条院		鄭重語
63	5	書	後深草院 → 東二条院		鄭重語
〃	6	書	後深草院 → 東二条院		鄭重語
〃	7	書	後深草院 → 東二条院		鄭重語
〃	10	書	後深草院 → 東二条院		鄭重語
〃	13	書	後深草院 → 東二条院		鄭重語
〃	14	地	後深草院	東二条院	謙譲語
64	3	地	作者	後深草院	謙譲語
〃	4	地	斎宮	後深草院	謙譲語
〃	9	地	作者	後深草院	謙譲語

· 卷二

頁	行	文	動作 主体/話者	動作 客体/聴者	種類
67	8	地	作者	玄輝門院	謙讓語
68	11	地	公卿達	後深草院	謙讓語
〃	12	対	公卿達 → 後深草院		鄭重語
〃	15	地	公卿達	後深草院	謙讓語
69	1	地	善勝寺大納言	後深草院	謙讓語
〃	3	対	善勝寺大納言 → 公卿達		鄭重語
〃	3	地	善勝寺大納言	後深草院	謙讓語
〃	4	対	善勝寺大納言 → 後深草院		鄭重語
〃	4	対	善勝寺大納言 → 後深草院		鄭重語
〃	5	地	善勝寺大納言	後深草院	謙讓語
〃	6	対	後深草院 → 公卿達		鄭重語
〃	7	対	後深草院 → 公卿達		鄭重語
〃	10	対	公卿達 → 公卿達		鄭重語
〃	11	地	作者	公卿達	謙讓語
〃	15	対	作者 → 公卿達		鄭重語
70	1	地	作者	公卿達	謙讓語
〃	4	対	兵部卿 → 善勝寺大納言		鄭重語
〃	4	地	兵部卿	後深草院(使)	謙讓語
〃	14	地	僧正	後深草院	謙讓語
71	3	地	僧正	後深草院	謙讓語
〃	6	地	善勝寺大納言	後深草院	謙讓語

71	8	地	善勝寺大納言	後深草院	謙譲語
〃	11	地	雪の曙	後深草院	謙譲語
〃	13	地	雪の曙	後深草院	謙譲語
72	3	対	善勝寺大納言 → 久我尼		鄭重語
〃	5	書	久我尼 → 後深草院		鄭重語
〃	9	書	久我尼 → 後深草院		鄭重語
〃	11	書	久我尼 → 後深草院		鄭重語
〃	14	地	久我尼	善勝寺大納言	謙譲語
73	1	対	公卿達 → 後深草院		鄭重語
〃	2	対	公卿達 → 後深草院		鄭重語
〃	2	地	公卿達	後深草院	謙譲語
〃	4	対	公卿達 → 後深草院		鄭重語
〃	5	地	公卿達	後深草院	謙譲語
〃	11	地	作者	有明の月	謙譲語
〃	14	対	有明の月 → 作者		鄭重語
74	6	地	後深草院	有明の月	謙譲語
〃	9	地	女房	亀山院	謙譲語
〃	11	地	後深草院	近衛大殿	謙譲語
〃	12	地	近衛大殿	後深草院	謙譲語
75	4	地	後深草院	亀山院	謙譲語
〃	5	地	人々	後深草院	謙譲語
〃	13	地	作者	亀山院	謙譲語
77	11	地	作者	有明の月	謙譲語
〃	12	地	有明の月	後深草院	謙譲語
〃	13	地	有明の月	後深草院	謙譲語

78	2	地	作者	有明の月	謙譲語
〃	8	地	作者	有明の月	謙譲語
80	4	地	亀山院	後深草院	謙譲語
81	6	地	作者	後深草院	謙譲語
83	3	対	作者 → 後深草院		謙譲語
〃	3	地	作者	後深草院	謙譲語
〃	15	地	作者	後深草院	謙譲語
84	11	地	作者	有明の月	謙譲語
85	3	対	善勝寺大納言 → 作者		鄭重語
〃	4	地	善勝寺大納言	作者	美化語
〃	7	地	作者	？	美化語
〃	9	地	作者	有明の月	謙譲語
86	11	地	作者	有明の月	謙譲語
〃	13	地	作者	有明の月	謙譲語
87	1	書	善勝寺大納言 → 作者		鄭重語
〃	3	書	善勝寺大納言 → 作者		鄭重語
89	3	地	作者	有明の月	謙譲語
〃	13	対	後深草院 → 亀山院		鄭重語
90	2	地	公卿達	後深草院	謙譲語
〃	6	地	資季入道	後深草院	謙譲語
〃	7	地	人々	人々	美化語
91	6	地	女房達	亀山院	謙譲語
〃	8	地	作者	？	美化語
〃	13	地	亀山院	後深草院	謙譲語
〃	15	地	女房	為方	謙譲語

92	1	地	公卿達	亀山院	謙譲語
〃	9	地	亀山院	後深草院	謙譲語
〃	10	地	人々	姫宮	謙譲語
95	13	対	作者 → 女童　　(後深草院)		謙譲語
〃	13	地	作者	女童	美化語
96	1	地	東二条院	後深草院	謙譲語
〃	4	地	女童	後深草院	謙譲語
〃	7	地	亀山院	後深草院	謙譲語
〃	8	地	人々	人々	美化語
〃	11	地	作者の祖母	後深草院	謙譲語
〃	12	地	人々	後深草院	謙譲語
97	8	対	兵部卿 → 人々		鄭重語
〃	9	地	兵部卿	人々	美化語
98	2	地	兵部卿	後深草院	謙譲語
〃	6	地	兵部卿	後深草院	謙譲語
〃	10	地	作者	善勝寺大納言	謙譲語
99	6	対	善勝寺大納言 → 作者		鄭重語
〃	6	地	善勝寺大納言	作者	美化語
〃	10	地	作者	善勝寺大納言	謙譲語
〃	14	対	善勝寺大納言 → 作者		美化語
〃	15	対	善勝寺大納言 → 作者		鄭重語
100	3	対	善勝寺大納言 → 作者		鄭重語
〃	6	地	作者	有明の月	謙譲語
〃	12	地	善勝寺大納言	作者	美化語
〃	13	地	作者	善勝寺大納言	謙譲語

100	15	地	人々	？	美化語
101	7	地	善勝寺大納言(使)	雪の曙	謙譲語
102	11	対	雪の曙 → 善勝寺大納言　(後深草院)		謙譲語
103	12	対	真願房 → 作者　(後深草院)		謙譲語
〃	13	対	真願房 → 作者　(後深草院)		謙譲語
〃	14	地	作者	善勝寺大納言	謙譲語
104	13	対	雪の曙 → 作者		鄭重語
105	12	地	作者	後深草院	謙譲語
106	1	地	作者	後深草院	謙譲語
〃	8	地	作者	後深草院	謙譲語
〃	15	地	作者	雪の曙	謙譲語
107	9	地	後嵯峨院	近衛大殿	謙譲語
〃	12	地	近衛大殿	後深草院	謙譲語
〃	15	地	作者	後深草院	謙譲語
108	1	対	近衛大殿 → 後深草院		鄭重語
〃	4	対	近衛大殿 → 後深草院		鄭重語
〃	7	対	近衛大殿 → 後深草院		鄭重語
〃	8	対	近衛大殿 → 後深草院		鄭重語
〃	9	対	近衛大殿 → 後深草院		鄭重語
〃	13	対	近衛大殿 → 後深草院		鄭重語
〃	15	地	近衛大殿	後深草院	謙譲語
109	2	地	近衛大殿	後深草院	謙譲語
〃	7	地	作者	兵部卿	謙譲語
〃	13	対	後深草院 → 公卿達		鄭重語
〃	13	地	後深草院(使)	善勝寺大納言	謙譲語

109	14	地	善勝寺大納言	後深草院	謙讓語
110	2	地	善勝寺大納言	後深草院	謙讓語
〃	4	地	姉妹	後深草院	謙讓語
〃	5	地	姉妹	後深草院	謙讓語
〃	7	地	姉	後深草院	謙讓語
111	6	地	作者	近衛大殿	謙讓語
113	5	対	近衛大殿 → 後深草院		鄭重語
〃	6	地	近衛大殿	後深草院	謙讓語
114	6	地	近衛大殿	後深草院	謙讓語
〃	8	地	後深草院	近衛大殿	謙讓語

· 卷三

頁	行	文	動作 主体/話者	動作 客体/聴者	種類
115	15	地	人々	今御所	謙譲語
116	3	地	後深草院	有明の月	謙譲語
〃	5	地	人々	後深草院	謙譲語
〃	6	地	作者	有明の月	謙譲語
〃	9	地	作者	有明の月	謙譲語
117	3	地	作者	後深草院	謙譲語
〃	4	地	作者	後深草院	謙譲語
〃	6	対	後深草院 → 作者 （有明の月）		謙譲語
〃	11	対	後深草院 → 作者 （有明の月）		謙譲語
118	15	地	後深草院	有明の月	謙譲語
119	2	対	有明の月 → 作者 （神仏）		謙譲語
〃	4	対	有明の月 → 作者 （神仏）		謙譲語
〃	15	地	人々	?	美化語
121	15	地	作者	後深草院	謙譲語
124	1	地	作者	後深草院	謙譲語
〃	3	対	後深草院 → 作者 （有明の月）		謙譲語
〃	4	地	作者	後深草院	謙譲語
〃	5	地	作者	後深草院	謙譲語
〃	6	地	作者	後深草院	謙譲語
125	3	地	後深草院	有明の月	謙譲語
〃	1	地	作者	後深草院	謙譲語

125	10	対	後深草院 → 作者　　　(有明の月)		謙譲語
126	4	対	後深草院 → 作者　　　(有明の月)		謙譲語
128	6	地	作者	後深草院	謙譲語
129	15	地	作者	後深草院	謙譲語
130	5	対	承仕 → 作者		鄭重語
〃	7	地	作者	承仕	美化語
131	14	地	作者	兼行中将	謙譲語
133	4	地	大宮院	後深草院	謙譲語
〃	5	地	後深草院	大宮院	謙譲語
〃	7	地	後深草院	大宮院	謙譲語
〃	8	対	大宮院 → 亀山院		鄭重語
〃	13	地	大宮院	亀山院	謙譲語
〃	14	地	大宮院	亀山院	謙譲語
134	10	地	亀山院	後深草院	謙譲語
〃	12	地	後深草院	亀山院	謙譲語
〃	14	対	亀山院 → 後深草院		鄭重語
〃	15	地	亀山院	後深草院	謙譲語
135	1	地	作者	後深草院	謙譲語
〃	1	地	亀山院	斎宮	謙譲語
〃	8	地	後深草院	亀山院	謙譲語
〃	8	地	亀山院	後深草院	謙譲語
〃	12	地	人々	人々	美化語
136	11	地	作者	両院	謙譲語
137	1	地	作者	大宮院	謙譲語
〃	4	対	大宮院 → 作者		鄭重語

139	4	地	作者	有明の月	謙譲語
141	9	地	作者	有明の月	謙譲語
〃	12	地	作者	有明の月	謙譲語
142	10	地	人々	有明の月	謙譲語
145	6	地	作者	後深草院	謙譲語
〃	8	地	作者	後深草院	謙譲語
147	13	地	作者	後深草院	謙譲語
148	4	地	人々	人々	美化語
150	2	地	作者	神仏	謙譲語
151	1	対	作者 → 後深草院		鄭重語
〃	1	地	作者	後深草院	謙譲語
〃	2	地	人々	玄輝門院	謙譲語
〃	4	地	作者	玄輝門院	謙譲語
152	5	地	作者	後深草院	謙譲語
153	15	地	作者	神仏	謙譲語
155	3	地	作者	親源	謙譲語
〃	5	地	親源	神仏	謙譲語
156	1	地	作者	大宮院	謙譲語
〃	4	地	作者	大宮院	謙譲語
〃	4	地	作者	大宮院	謙譲語
〃	13	地	作者	大宮院	謙譲語
161	12	地	人々	人々	美化語
162	6	地	亀山院	大宮院	謙譲語
〃	8	対	作者 → 春宮大夫 (北山准后)		謙譲語
〃	9	地	作者	春宮大夫	謙譲語

163	12	地	人々	春宮大夫	謙譲語
165	2	地	人々	人々	美化語
〃	12	地	作者	後深草院	謙譲語
166	1	地	作者	後深草院	謙譲語
167	13	対	後深草院 → 人々		鄭重語

· 卷四

頁	行	文	動作 主体/話者	動作 客体/聽者	種類
175	3	地	作者	神仏	謙讓語
〃	4	地	作者	神仏	謙讓語
176	4	地	医者	作者	美化語
〃	9	地	作者	神仏	謙讓語
〃	15	地	小町殿	作者	美化語
177	9	地	人々	平左衛門入道	美化語
178	13	地	人々	神仏	謙讓語
179	5	地	人々	将軍	謙讓語
〃	6	地	人々	皇子	謙讓語
〃	10	地	人々	中務親王	謙讓語
〃	10	地	人々	?	美化語
〃	11	地	人々	人々	美化語
180	5	地	人々	新左衛門	美化語
〃	7	地	人々	人々	美化語
〃	11	対	小町殿 → 作者		鄭重語
〃	12	対	小町殿 → 作者		鄭重語
〃	13	対	小町殿 → 作者		鄭重語
〃	13	地	小町殿	作者	美化語
〃	14	地	作者	小町殿	美化語
181	2	地	人々	角殿	謙讓語
183	7	地	若林二郎左衛門	作者	美化語

183	9	地	人々	川越入道	美化語
184	13	地	川越入道の後家	作者	美化語
185	14	地	作者	神仏	謙譲語
186	5	対	人々 → 人々　　　　(神仏)		謙譲語
〃	6	地	人々	神仏	謙譲語
187	10	対	男達 → 作者		鄭重語
〃	11	対	男達 → 作者		鄭重語
〃	12	対	男達 → 作者		鄭重語
〃	12	対	男達 → 作者		鄭重語
〃	13	対	男達 → 作者		鄭重語
188	13	対	飯沼左衛門尉 → 作者		鄭重語
〃	13	地	飯沼左衛門尉	作者	美化語
〃	14	地	作者	飯沼左衛門尉	美化語
189	6	地	人々	人々	美化語
〃	14	地	修行者	作者	美化語
〃	14	地	修行者	作者	美化語
190	3	地	大宮司	作者	美化語
191	2	地	作者	？	美化語
〃	12	地	人々	人々	美化語
〃	14	地	人々	寂円房	美化語
〃	15	地	作者	寂円房	美化語
194	10	地	作者	召次	美化語
195	13	地	作者	後深草院	謙譲語
196	13	地	人々	侍従宰相	謙譲語
197	8	地	人々	祝詞の師	美化語

197	14	地	祝詞の師	人々	美化語
198	8	対	人々 → 人々 　　　(神仏)		謙譲語
199	6	対	宮人 → 作者		鄭重語
〃	14	地	行忠	作者	美化語
200	3	地	作者	神仏	謙譲語
〃	7	地	人々	神仏	謙譲語
〃	8	地	尼	作者	美化語
201	6	対	二禰宜延成の後家 → 作者		鄭重語
〃	12	地	作者	神仏	謙譲語
202	5	地	人々	月宮	謙譲語
〃	11	地	作者	二禰宜尚良	美化語
〃	11	地	二禰宜尚良	作者	美化語
〃	13	地	人々	神仏	謙譲語
203	3	地	人々	神仏	謙譲語
〃	8	地	人々	神仏	謙譲語
204	4	地	照月	作者	美化語
205	1	対	作者 → 一禰宜尚良		鄭重語
206	6	地	作者	後深草院	謙譲語
210	2	対	作者 → 後深草院		鄭重語
〃	3	対	作者 → 後深草院		鄭重語
〃	10	地	作者	後深草院	謙譲語
〃	15	対	作者 → 後深草院		鄭重語
211	3	地	作者	後深草院	謙譲語
212	7	地	人々	二見(場所)	美化語
〃	7	地	作者	神仏	謙譲語

212	8	地	人々	伊賀路(場所)	美化語
〃	8	地	人々	神仏	謙譲語

· 卷五

頁	行	文	動作 主体/話者	動作 客体/聴者	種類
214	5	地	作者	遊女	美化語
〃	5	地	遊女	作者	美化語
215	13	地	人々	神仏	謙譲語
216	3	対	作者 → ある女		鄭重語
〃	4	対	作者 → ある女		鄭重語
217	7	地	人々	神仏	謙譲語
219	13	地	作者	広沢与三入道	美化語
221	9	対	入道 → 作者		鄭重語
222	1	地	人々	人々	美化語
224	15	地	作者	後深草院	謙譲語
225	2	地	人々	？	美化語
〃	5	地	作者	御所	謙譲語
〃	7	地	人々	人々	美化語
〃	7	地	人々	人々	美化語
〃	11	地	作者	神仏	謙譲語
〃	15	地	家人	作者	美化語
226	7	地	作者	神仏	謙譲語
〃	14	地	作者	北山殿	謙譲語
227	5	地	作者	北山殿	謙譲語
228	1	地	作者	後深草院	謙譲語
〃	9	地	作者	ある女	美化語

228	10	地	ある女	作者	美化語
230	11	地	久我大納言	後深草院	謙譲語
232	3	地	作者	神仏	謙譲語
〃	4	地	人々	神仏	謙譲語
234	8	地	作者	神仏	謙譲語
235	3	地	借聖	作者	美化語
〃	14	地	作者	御所	謙譲語
236	3	地	作者	?	美化語
237	10	地	作者	?	美化語
240	14	地	人々	神仏	謙譲語
241	3	地	作者	作者の父の霊	謙譲語
242	7	地	作者	?	美化語
243	8	地	人々	西園寺大納言	謙譲語
〃	15	地	作者	遊義門院	謙譲語
244	1	地	作者	遊義門院	謙譲語
〃	7	地	作者	遊義門院	謙譲語
〃	9	対	遊義門院 → 作者		自敬表現
〃	12	地	兵衛佐	作者	美化語
〃	15	対	作者 → 兵衛佐　(遊義門院)		謙譲語
〃	15	地	作者	兵衛佐	美化語
245	1	地	作者	神仏	謙譲語
〃	7	地	作者	遊義門院	謙譲語

246	13	地	作者	後深草院	謙譲語
247	2	地	万里小路大納言	作者	美化語
〃	11	地	僧	作者	美化語
247	13	地	作者	僧	美化語
248	2	地	作者	久我前大臣	謙譲語

<資料 Ⅱ> 「 罷る」의 分析

頁	行	文	動作 主体/話者	出発点/聴者	種類
21	14	地	作者	六角櫛笥の屋	美化語
32	11	地	作者	川崎の家	美化語
33	11	対	雪の曙 (使) → 家人		鄭重語
40	2	地	作者	乳母の家	美化語
62	3	書	後深草院 → 東二条院		鄭重語
103	15	地	作者	醍醐の尼寺	美化語
106	11	地	作者	伊予殿の家	美化語
〃	14	対	作者 → 雪の曙		鄭重語
107	1	地	作者	?	美化語
131	1	地	作者	?	美化語
146	3	地	作者	乳母の家	美化語
147	7	地	作者	東山付近	美化語
181	1	地	作者	作者の宿所	美化語
183	8	地	作者	作者の宿所	美化語
〃	11	地	作者	作者の宿所	美化語
〃	12	地	作者	作者の宿所	美化語
186	1	地	作者	?	美化語
200	7	地	作者	?	美化語
203	12	地	作者	大宮司の家	美化語
205	4	地	作者	?	美化語
212	8	地	作者	伊賀路	美化語

217	1	対	小法師 → 坊主		鄭重語
222	6	地	作者	江田	美化語
225	13	地	作者	?	美化語
232	9	地	久我大納言	世の中	美化語
235	8	地	久我大納言	世の中	美化語
〃	11	地	作者	東山付近	美化語
237	15	地	事物	作者の家	美化語

<資料 Ⅲ> 「 まうで来」의 分析

頁	行	文	動作 主体/話者	到着点/聴者	種類
49	1	地	善勝寺大納言	作者の居所	美化語
104	2	対	伊予殿 → 作者		鄭重語

<資料 Ⅳ> 「侍り」・「候ふ」의 分析

・卷一

頁	行	文	侍/候	動作 主体/話者	動作 客体/聴者	種類
3	4	地	侍	作者 / 読者		美化語
4	15	地	侍	作者 / 読者		美化語
9	1	対	侍	久我大納言 → 後深草院(使)		対話語
〃	2	対	侍	久我大納言 → 後深草院		対話語
〃	5	対	侍	雪の曙 → 作者		対話語
〃	9	地	侍	作者 / 読者		美化語
〃	10	地	侍	作者 / 読者		美化語
〃	10	地	侍	作者 / 読者		美化語
11	1	地	侍	作者	御所	謙譲語
12	1	地	候	作者	御所	謙譲語
〃	8	地	侍	作者	後深草院	謙譲語
14	9	対	侍	後深草院 → 高僧		対話語
15	12	地	侍	作者 / 読者		美化語
16	2	地	候	公卿達	後深草院	謙譲語
17	4	地	侍	作者 / 読者		美化語
19	2	地	候	人々	後深草院	謙譲語
〃	8	地	侍	作者 / 読者		美化語
20	6	対	侍	久我大納言 → 後深草院		対話語
〃	7	対	侍	久我大納言 → 後深草院		対話語
21	14	地	侍	作者 / 読者		美化語
22	5	地	侍	作者 / 読者		美化語

23	14	対	侍	久我大納言 → 後深草院	対話語
〃	15	対	侍	久我大納言 → 後深草院	対話語
24	6	対	侍	久我大納言 → 後深草院	対話語
〃	7	対	侍	久我大納言 → 後深草院	対話語
〃	7	対	侍	久我大納言 → 後深草院	対話語
〃	7	対	侍	久我大納言 → 後深草院	対話語
〃	8	対	侍	久我大納言 → 後深草院	対話語
25	8	地	侍	作者 / 読者	美化語
29	1	地	侍	作者 / 読者	美化語
〃	2	地	侍	作者 / 読者	美化語
〃	8	対	侍	乳父 → 作者	対話語
〃	10	地	侍	作者 / 読者	美化語
31	12	対	侍	作者 / 読者	美化語
33	9	対	侍	雪の曙(お使い) → 作者	対話語
36	4	対	侍	乳母 → 作者	対話語
〃	4	対	侍	乳母 → 作者	対話語
〃	6	対	候	乳母 → 作者	対話語
〃	6	対	候	乳母 → 作者	対話語
〃	14	地	侍	作者 / 読者	美化語
37	8	対	候	乳母 → 乳父	対話語
38	4	対	侍	雪の曙 → 作者	対話語
〃	6	対	侍	作者 → 雪の曙	対話語
〃	7	対	侍	雪の曙 → 作者	対話語
〃	12	地	侍	作者 / 読者	美化語
39	4	対	侍	作者 → 後深草院	対話語

39	13	対	候	後深草院 → 兵部卿		自敬表現
40	1	地	侍	作者 / 読者		美化語
〃	3	地	侍	作者 / 読者		美化語
〃	14	対	侍	尼 → 尼達		対話語
43	11	地	侍	作者 / 読者		美化語
44	2	地	侍	作者 / 読者		美化語
45	2	地	侍	作者 / 読者		美化語
〃	7	地	侍	作者 / 読者		美化語
46	3	地	侍	作者 / 読者		美化語
47	13	地	侍	作者 / 読者		美化語
〃	14	地	侍	作者 / 読者		美化語
50	1	地	侍	作者 / 読者		美化語
〃	12	対	侍	使者 → 後深草院		対話語
51	12	地	侍	作者 / 読者		美化語
〃	13	地	侍	作者	後深草院	謙譲語
52	13	対	侍	後深草院 → 人々		自敬表現
53	3	地	候	典侍	後深草院	謙譲語
〃	5	地	候	典侍	春宮	謙譲語
〃	14	地	侍	作者 / 読者		美化語
54	5	地	侍	作者 / 読者		美化語
〃	12	対	侍	大宮院 → 東二条院		対話語
55	3	地	侍	作者 / 読者		美化語
〃	3	地	侍	作者 / 読者		美化語
〃	5	対	候	後深草院 → 大宮院		対話語
〃	6	対	侍	後深草院 → 大宮院		対話語

55	7	対	侍	後深草院 → 大宮院		対話語
〃	8	対	候	後深草院 → 大宮院		対話語
〃	9	対	候	大宮院 → 後深草院		対話語
〃	10	対	候	大宮院 → 後深草院		対話語
〃	15	地	侍	善勝寺大納言	後深草院	謙譲語
56	7	対	侍	大宮院(お使い) → 後深草院		対話語
〃	7	対	候	大宮院(お使い) → 後深草院		対話語
〃	11	地	候	侍女	大宮院	謙譲語
57	2	対	侍	後深草院 → 斎宮		対話語
58	6	対	侍	作者 → 斎宮		対話語
〃	7	対	侍	作者 → 斎宮		対話語
〃	12	地	侍	作者 / 読者		美化語
59	2	対	侍	大宮院 → 後深草院		対話語
〃	5	対	侍	大宮院 → 後深草院		対話語
〃	15	対	候	大宮院 → 後深草院		対話語
60	1	対	候	大宮院 → 後深草院		対話語
61	6	書	候	東二条院 → 後深草院		対話語
〃	7	書	候	東二条院 → 後深草院		対話語
〃	7	書	侍	東二条院 → 後深草院		対話語
〃	8	書	候	東二条院 → 後深草院		対話語
〃	8	書	侍	東二条院 → 後深草院		対話語
〃	9	書	候	東二条院 → 後深草院		対話語
〃	9	書	侍	東二条院 → 後深草院		対話語
〃	10	書	侍	東二条院 → 後深草院		対話語
〃	12	書	候	後深草院 → 東二条院		対話語

61	12	書	候	後深草院 → 東二条院	対話語
〃	13	書	候	後深草院 → 東二条院	対話語
〃	13	書	候	後深草院 → 東二条院	対話語
〃	14	書	候	後深草院 → 東二条院	対話語
〃	15	書	候	後深草院 → 東二条院	対話語
62	1	書	候	後深草院 → 東二条院	対話語
〃	2	書	候	後深草院 → 東二条院	対話語
〃	2	書	候	後深草院 → 東二条院	対話語
〃	3	書	候	後深草院 → 東二条院	対話語
〃	3	書	候	後深草院 → 東二条院	対話語
〃	4	書	候	後深草院 → 東二条院	対話語
〃	4	書	候	後深草院 → 東二条院	対話語
〃	5	書	候	後深草院 → 東二条院	対話語
〃	5	書	候	後深草院 → 東二条院	対話語
〃	5	書	候	後深草院 → 東二条院	対話語
〃	6	書	候	後深草院 → 東二条院	対話語
〃	7	書	候	後深草院 → 東二条院	対話語
〃	7	書	候	後深草院 → 東二条院	対話語
〃	8	書	候	後深草院 → 東二条院	対話語
〃	9	書	候	後深草院 → 東二条院	対話語
〃	9	書	候	後深草院 → 東二条院	対話語
〃	10	書	候	後深草院 → 東二条院	対話語
〃	11	書	候	後深草院 → 東二条院	対話語
〃	11	書	候	後深草院 → 東二条院	対話語
〃	11	書	候	後深草院 → 東二条院	対話語

62	11	書	候	後深草院 → 東二条院	対話語
〃	12	書	候	後深草院 → 東二条院	対話語
〃	13	書	候	後深草院 → 東二条院	対話語
〃	13	書	候	後深草院 → 東二条院	対話語
〃	13	書	候	後深草院 → 東二条院	対話語
〃	14	書	候	後深草院 → 東二条院	対話語
〃	14	書	候	後深草院 → 東二条院	対話語
〃	15	書	候	後深草院 → 東二条院	対話語
〃	15	書	候	後深草院 → 東二条院	対話語
〃	15	書	候	後深草院 → 東二条院	対話語
63	1	書	候	後深草院 → 東二条院	対話語
〃	1	書	候	後深草院 → 東二条院	対話語
〃	1	書	候	後深草院 → 東二条院	対話語
〃	2	書	候	後深草院 → 東二条院	対話語
〃	2	書	候	後深草院 → 東二条院	対話語
〃	2	書	候	後深草院 → 東二条院	対話語
〃	3	書	候	後深草院 → 東二条院	対話語
〃	3	書	候	後深草院 → 東二条院	対話語
〃	3	書	候	後深草院 → 東二条院	対話語
〃	4	書	候	後深草院 → 東二条院	対話語
〃	4	書	候	後深草院 → 東二条院	対話語
〃	5	書	候	後深草院 → 東二条院	対話語
〃	5	書	候	後深草院 → 東二条院	対話語
〃	5	書	候	後深草院 → 東二条院	対話語
〃	6	書	候	後深草院 → 東二条院	対話語

63	7	書	候	後深草院 → 東二条院		対話語
〃	9	書	候	後深草院 → 東二条院		対話語
〃	10	書	侍	後深草院 → 東二条院		対話語
〃	11	書	候	後深草院 → 東二条院		対話語
〃	11	書	候	後深草院 → 東二条院		対話語
〃	12	書	候	後深草院 → 東二条院		対話語
〃	12	書	候	後深草院 → 東二条院		対話語
〃	13	書	候	後深草院 → 東二条院		対話語
〃	15	地	侍	作者 / 読者		美化語
64	14	地	侍	作者	斎宮	謙譲語
65	4	対	侍	作者 → 後深草院		対話語
〃	8	地	侍	作者 / 読者		美化語
〃	9	地	侍	作者 / 読者		美化語

・巻二

頁	行	文	侍/候	動作 主体/話者	動作 客体/聴者	種類
66	2	地	侍	作者 / 読者		美化語
〃	4	地	侍	作者 / 読者		美化語
〃	13	地	侍	作者 / 読者		美化語
〃	14	地	侍	作者 / 読者		美化語
67	11	地	候	まし水	後深草院	謙譲語
〃	15	対	候	後深草院 → 公卿達		自敬表現
68	2	地	候	まし水	後深草院	謙譲語
〃	3	対	候	まし水 → 師親大納言		対話語
〃	7	地	候	公卿達	御所	謙譲語
〃	12	対	候	公卿達 → 後深草院		対話語
〃	13	対	候	公卿達 → 後深草院		対話語
〃	13	対	候	公卿達 → 後深草院		対話語
〃	14	対	候	公卿達 → 後深草院		対話語
〃	14	対	候	公卿達 → 後深草院		対話語
69	4	対	候	善勝寺大納言 → 後深草院		対話語
〃	4	対	候	善勝寺大納言 → 後深草院		対話語
〃	8	地	候	公卿達	後深草院	謙譲語
〃	11	対	候	作者 → 後深草院・公卿達		対話語
〃	12	対	候	作者 → 後深草院・公卿達		対話語
〃	13	対	候	作者 → 後深草院・公卿達		対話語
〃	13	対	候	作者 → 後深草院・公卿達		対話語

69	13	対	候	作者 → 後深草院・公卿達	対話語
〃	14	対	候	作者 → 後深草院・公卿達	対話語
〃	14	対	候	作者 → 後深草院・公卿達	対話語
〃	15	対	候	作者 → 後深草院・公卿達	対話語
〃	15	対	候	作者 → 後深草院・公卿達	対話語
70	1	対	候	作者 → 後深草院・公卿達	対話語
〃	4	対	候	兵部卿 → 作者	対話語
〃	4	対	候	兵部卿 → 作者	対話語
71	2	対	侍	僧正 → 後深草院	対話語
〃	6	対	候	善勝寺大納言 → 後深草院	対話語
〃	7	対	侍	善勝寺大納言 → 後深草院	対話語
〃	7	対	侍	善勝寺大納言 → 後深草院	対話語
〃	7	対	侍	善勝寺大納言 → 後深草院	対話語
〃	9	対	候	後深草院 → 善勝寺大納言	対話語
〃	9	対	候	後深草院 → 善勝寺大納言	対話語
〃	10	対	候	西園寺大納言 → 後深草院	対話語
〃	10	対	候	西園寺大納言 → 後深草院	対話語
〃	11	対	侍	西園寺大納言 → 後深草院	対話語
〃	13	対	候	西園寺大納言 → 後深草院	対話語
72	3	対	候	善勝寺大納言 → 久我尼	対話語
〃	4	書	候	久我尼 → 善勝寺大納言	対話語
〃	4	書	候	久我尼 → 善勝寺大納言	対話語
〃	4	書	候	久我尼 → 善勝寺大納言	対話語
〃	5	書	候	久我尼 → 善勝寺大納言	対話語
〃	5	書	候	久我尼 → 善勝寺大納言	対話語

72	6	書	候	久我尼 → 善勝寺大納言		対話語
〃	6	書	候	久我尼 → 善勝寺大納言		対話語
〃	7	書	候	久我尼 → 善勝寺大納言		対話語
〃	7	書	候	久我尼 → 善勝寺大納言		対話語
〃	8	書	候	久我尼 → 善勝寺大納言		対話語
〃	9	書	候	久我尼 → 善勝寺大納言		対話語
〃	9	書	候	久我尼 → 善勝寺大納言		対話語
〃	9	書	候	久我尼 → 善勝寺大納言		対話語
〃	10	書	候	久我尼 → 善勝寺大納言		対話語
〃	10	書	候	久我尼 → 善勝寺大納言		対話語
〃	11	書	候	久我尼 → 善勝寺大納言		対話語
〃	11	書	候	久我尼 → 善勝寺大納言		対話語
〃	11	書	候	久我尼 → 善勝寺大納言		対話語
〃	12	書	候	久我尼 → 善勝寺大納言		対話語
〃	12	書	候	久我尼 → 善勝寺大納言		対話語
〃	13	書	候	久我尼 → 善勝寺大納言		対話語
〃	13	書	候	久我尼 → 善勝寺大納言		対話語
73	1	対	候	公卿達 → 後深草院		対話語
〃	1	対	候	公卿達 → 後深草院		対話語
〃	2	対	候	公卿達 → 後深草院		対話語
〃	2	対	候	公卿達 → 後深草院		対話語
〃	10	地	候	有明の月	後深草院	謙譲語
〃	11	対	侍	作者 → 有明の月		対話語
〃	12	対	候	有明の月 → 作者		対話語
〃	13	地	候	作者	有明の月	謙譲語

73	14	対	侍	有明の月 → 作者		対話語
75	4	対	侍	後深草院 → 亀山院		対話語
〃	5	地	侍	作者 / 読者		美化語
77	13	対	候	有明の月 → 後深草院		対話語
78	2	対	候	作者 → 有明の月		対話語
80	2	地	侍	作者 / 読者		美化語
〃	6	地	侍	作者 / 読者		美化語
〃	14	地	侍	作者 / 読者		美化語
81	10	対	候	資行中将 → 後深草院		対話語
〃	13	地	侍	作者 / 読者		美化語
82	7	地	侍	作者 / 読者		美化語
83	3	対	候	作者 → 後深草院		対話語
〃	11	対	侍	ささがにの女 → 作者		対話語
〃	12	対	侍	作者 → ささがにの女		対話語
84	6	地	侍	作者 / 読者		美化語
85	1	地	候	作者	御所	謙譲語
〃	3	対	侍	善勝寺大納言 → 作者		対話語
〃	4	対	侍	善勝寺大納言 → 作者		対話語
86	12	地	侍	作者 / 読者		美化語
87	1	書	候	善勝寺大納言 → 作者		対話語
〃	2	書	候	善勝寺大納言 → 作者		対話語
〃	3	書	候	善勝寺大納言 → 作者		対話語
〃	4	書	候	善勝寺大納言 → 作者		対話語
〃	4	書	候	善勝寺大納言 → 作者		対話語
89	6	地	候	作者	後深草院	謙譲語

89	8	地	侍	作者 / 読者		文体語
〃	9	地	侍	作者 / 読者		美化語
〃	15	対	侍	資季達 → 後深草院		対話語
91	10	地	侍	作者 / 読者		美化語
92	2	地	侍	作者 / 読者		美化語
〃	4	地	侍	作者 / 読者		美化語
〃	7	地	候	傅達	御所	謙譲語
93	5	地	侍	作者 / 読者		美化語
95	1	対	候	公卿達 → 兵部卿		対話語
〃	10	地	候	伊予殿	即成院	謙譲語
〃	13	対	侍	作者 → 女童		対話語
〃	13	地	侍	作者 / 読者		美化語
96	4	対	候	女童 → 後深草院		対話語
〃	6	対	侍	亀山院 → 後深草院		対話語
〃	6	対	侍	亀山院 → 後深草院		対話語
97	6	地	候	作者	御所	謙譲語
〃	9	対	侍	兵部卿 → 作者		対話語
〃	13	地	侍	作者 / 読者		美化語
98	9	対	侍	作者 → 善勝寺大納言		対話語
99	8	地	侍	作者 / 読者		美化語
〃	10	地	侍	作者 / 読者		美化語
100	4	対	侍	善勝寺大納言 → 作者		対話語
〃	7	地	侍	作者 / 読者		美化語
101	1	地	侍	作者 / 読者		美化語
〃	5	対	候	善勝寺大納言(お使い) → 雪の曙		対話語

101	6	対	候	善勝寺大納言(使) → 雪の曙		対話語
〃	6	対	候	善勝寺大納言(使) → 雪の曙		対話語
〃	7	対	候	善勝寺大納言(使) → 雪の曙		対話語
〃	15	対	侍	作者 → 雪の曙		対話語
102	8	対	侍	雪の曙 → 善勝寺大納言		対話語
103	3	対	侍	真願房 → 雪の曙		対話語
〃	4	対	侍	真願房 → 雪の曙		対話語
〃	6	地	侍	作者 / 読者		美化語
104	13	対	侍	雪の曙 → 作者		対話語
105	3	対	侍	作者 → 雪の曙		対話語
106	1	地	侍	作者 / 読者		美化語
〃	8	地	侍	作者 / 読者		美化語
〃	11	地	侍	作者 / 読者		美化語
107	10	地	候	近衛大殿	後深草院	謙譲語
〃	11	対	候	近衛大殿 → 後深草院		対話語
〃	12	対	候	後深草院 → 近衛大殿		対話語
〃	14	対	候	近衛大殿 → 後深草院		対話語
〃	14	対	候	近衛大殿 → 後深草院		対話語
〃	14	対	候	近衛大殿 → 後深草院		対話語
〃	15	対	候	近衛大殿 → 後深草院		対話語
108	1	地	候	作者	後深草院	謙譲語
〃	1	対	候	後深草院 → 近衛大殿		対話語
〃	2	対	候	近衛大殿 → 後深草院		対話語
〃	3	対	候	近衛大殿 → 後深草院		対話語
〃	3	対	候	近衛大殿 → 後深草院		対話語

108	4	対	候	近衛大殿 → 後深草院		対話語
〃	5	対	候	近衛大殿 → 後深草院		対話語
〃	5	対	候	近衛大殿 → 後深草院		対話語
〃	6	対	候	近衛大殿 → 後深草院		対話語
〃	6	対	候	近衛大殿 → 後深草院		対話語
〃	7	対	候	近衛大殿 → 後深草院		対話語
〃	8	対	候	近衛大殿 → 後深草院		対話語
〃	8	対	候	近衛大殿 → 後深草院		対話語
〃	9	対	候	近衛大殿 → 後深草院		対話語
〃	9	対	候	近衛大殿 → 後深草院		対話語
〃	10	対	候	近衛大殿 → 後深草院		対話語
〃	10	対	候	近衛大殿 → 後深草院		対話語
〃	13	対	候	近衛大殿 → 後深草院		対話語
〃	15	対	候	近衛大殿 → 後深草院		対話語
109	1	対	侍	近衛大殿 → 後深草院		対話語
〃	2	対	候	近衛大殿 → 後深草院		対話語
110	8	地	侍	作者 / 読者		美化語
〃	9	地	侍	作者 / 読者		美化語
112	10	地	候	作者	後深草院	謙讓語
113	5	対	侍	近衛大殿 → 後深草院		対話語
114	2	対	侍	近衛大殿 → 後深草院		対話語
〃	6	対	侍	近衛大殿 → 後深草院		対話語
〃	14	地	侍	作者 / 読者		美化語
〃	15	地	侍	作者 / 読者		美化語

· 卷三

頁	行	文	侍/候	動作 主体/話者	動作 客体/聴者	種類
115	15	地	候	作者	後深草院	謙譲語
116	3	地	候	作者	後深草院	謙譲語
118	12	地	侍	作者	後深草院	謙譲語
120	1	地	侍	作者 / 読者		美化語
123	15	対	侍	作者 → 後深草院		対話語
124	9	地	候	作者	後深草院	謙譲語
〃	10	対	侍	後深草院 → 人々		対話語
〃	11	対	侍	後深草院 → 人々		対話語
125	8	地	侍	作者 / 読者		美化語
〃	11	対	侍	後深草院 → 有明の月		対話語
〃	14	対	侍	後深草院 → 有明の月		対話語
126	1	対	侍	後深草院 → 有明の月		対話語
〃	3	対	侍	後深草院 → 有明の月		対話語
〃	5	対	侍	有明の月 → 後深草院		対話語
〃	6	対	侍	有明の月 → 後深草院		対話語
〃	8	対	侍	有明の月 → 後深草院		対話語
〃	11	対	侍	有明の月 → 後深草院		対話語
〃	11	対	侍	有明の月 → 後深草院		対話語
〃	12	対	侍	有明の月 → 後深草院		対話語
〃	13	対	侍	有明の月 → 後深草院		対話語
129	3	対	侍	雪の曙 → 作者		対話語

130	2	地	候	作者	後深草院	謙譲語
〃	4	対	候	承仕 → 作者		対話語
〃	5	対	侍	後深草院 → 承仕		対話語
〃	5	対	候	承任 → 作者		対話語
〃	6	対	候	作者 → 承任		対話語
〃	11	対	候	作者 → 有明の月		対話語
〃	13	地	侍	作者 / 読者		美化語
131	1	地	侍	作者 / 読者		美化語
〃	13	地	候	作者	神仏	謙譲語
〃	15	地	候	女房	大宮院	謙譲語
133	4	対	候	大宮院 → 亀山院		対話語
〃	4	地	候	盃	亀山院	謙譲語
〃	6	地	候	亀山院	大宮院	謙譲語
〃	8	対	侍	大宮院 → 両院		対話語
〃	12	対	侍	大宮院 → 両院		対話語
134	7	対	侍	後深草院 → 作者		対話語
〃	8	地	候	作者	後深草院	謙譲語
〃	9	地	候	作者	両院	謙譲語
〃	10	対	候	後深草院 → 亀山院		対話語
〃	10	対	候	後深草院 → 亀山院		対話語
〃	11	対	候	後深草院 → 亀山院		対話語
〃	11	対	候	後深草院 → 亀山院		対話語
〃	11	対	候	後深草院 → 亀山院		対話語
〃	12	対	候	亀山院 → 後深草院		対話語
〃	13	対	候	亀山院 → 後深草院		対話語

134	13	対	候	亀山院 → 後深草院		対話語
〃	14	対	候	後深草院 → 亀山院		対話語
〃	14	対	侍	亀山院 → 後深草院		対話語
135	2	対	候	後深草院 → 作者		自敬表現
〃	8	対	侍	亀山院 → 後深草院		対話語
〃	9	地	侍	作者 / 読者		美化語
136	2	対	候	亀山院 → 景房		自敬表現
〃	7	地	候	作者	両院	謙譲語
〃	9	地	侍	作者 / 読者		美化語
〃	10	対	侍	作者 → 両院		対話語
〃	13	対	候	大宮院 → 作者		自敬表現
〃	14	地	候	作者	御所	謙譲語
143	3	地	侍	作者 / 読者		美化語
144	2	地	侍	作者 / 読者		美化語
〃	5	対	侍	稚児 → 作者		対話語
〃	5	対	候	椎児 → 作者		対話語
〃	9	地	侍	作者 / 読者		美化語
145	3	地	侍	作者 / 読者		美化語
〃	8	地	侍	作者 / 読者		美化語
〃	9	地	侍	作者 / 読者		美化語
146	7	地	侍	作者 / 読者		美化語
148	2	対	侍	人々 → 人々		対話語
〃	9	地	候	作者	御所	謙譲語
149	9	地	侍	作者 / 読者		美化語
〃	10	地	侍	作者 / 読者		美化語

149	13	地	候	作者	後深草院	謙譲語
150	5	地	侍	作者 / 読者		美化語
〃	10	地	侍	作者 / 読者		美化語
〃	12	地	侍	作者 / 読者		美化語
〃	14	地	侍	作者 / 読者		美化語
151	1	対	候	作者 → 後深草院		対話語
〃	3	対	候	作者 → 玄輝門院		対話語
〃	3	対	候	作者 → 玄輝門院		対話語
〃	3	対	候	作者 → 玄輝門院		対話語
〃	4	対	候	作者 → 玄輝門院		対話語
〃	7	地	侍	作者 / 読者		美化語
152	5	地	候	作者	後深草院	謙譲語
〃	15	対	候	兵部卿 → 作者 (後深草院)		謙譲語
153	5	地	候	作者	後深草院	謙譲語
155	3	地	侍	作者 / 読者		美化語
〃	5	地	侍	作者 / 読者		美化語
〃	6	地	侍	作者 / 読者		美化語
〃	9	地	侍	作者 / 読者		美化語
〃	14	対	候	大宮院 → 作者 (北山准后)		謙譲語
〃	14	対	候	作者 → 大宮院		対話語
156	1	対	侍	作者 → 大宮院		対話語
〃	5	地	候	代官	神仏	謙譲語
157	9	地	候	女房	後深草院	謙譲語
〃	9	地	侍	作者 / 読者		美化語
〃	15	地	侍	作者 / 読者		美化語

158	3	対	候	人々 → 人々　（北山准后）		謙譲語
//	3	対	候	人々 → 人々　　（大宮院）		謙譲語
//	5	地	侍	作者 / 読者		美化語
//	7	地	候	作者	大宮院	謙譲語
//	7	地	侍	作者 / 読者		美化語
//	13	地	候	公卿達	両院	謙譲語
159	6	地	候	人々	両院	謙譲語
161	7	地	侍	作者 / 読者		美化語
//	12	地	侍	作者 / 読者		美化語
162	6	対	候	亀山院 → 大宮院		対話語
//	6	対	候	大宮院 → 亀山院		対話語
//	11	地	侍	作者 / 読者		美化語
163	6	対	侍	兼忠 → 春宮		対話語
164	5	地	侍	作者 / 読者		美化語
165	3	地	侍	作者 / 読者		美化語
166	11	地	侍	作者 / 読者		美化語
167	13	対	候	後深草院 → 公卿達		対話語
//	13	対	侍	後深草院 → 公卿達		対話語
168	11	地	侍	作者 / 読者		美化語
//	15	地	侍	作者 / 読者		美化語

・巻四

頁	行	文	侍/候	動作 主体/話者	動作 客体/聴者	種類
169	1	地	侍	作者 / 読者		美化語
172	1	地	侍	作者 / 読者		美化語
〃	2	地	侍	作者 / 読者		美化語
173	6	地	侍	作者 / 読者		美化語
〃	13	対	侍	山伏 → 作者		対話語
174	2	地	侍	作者 / 読者		美化語
175	11	地	候	小町殿	将軍	謙譲語
〃	13	地	侍	作者 / 読者		美化語
176	14	対	侍	小町殿 → 作者		対話語
177	9	地	侍	作者 / 読者		美化語
〃	12	地	侍	作者 / 読者		美化語
179	4	地	侍	作者 / 読者		美化語
〃	10	地	侍	作者 / 読者		美化語
〃	15	地	侍	作者 / 読者		美化語
180	6	地	候	作者 / 読者		美化語
〃	7	地	侍	作者 / 読者		美化語
181	9	地	侍	作者 / 読者		美化語
〃	15	対	侍	頼綱 → 作者		対話語
183	9	地	侍	作者 / 読者		美化語
184	11	地	侍	作者 / 読者		美化語
186	5	地	侍	作者 / 読者		美化語

187	9	対	侍	作者 → 男達		対話語
〃	10	対	侍	男達 → 作者		対話語
〃	11	対	侍	男達 → 作者		対話語
〃	12	対	侍	男達 → 作者		対話語
〃	13	対	侍	男達 → 作者		対話語
〃	15	対	侍	男達 → 作者		対話語
188	4	地	侍	作者 / 読者		美化語
〃	13	対	侍	飯沼左衛門尉 → 作者		対話語
〃	14	地	侍	作者 / 読者		美化語
189	9	地	侍	作者 / 読者		美化語
〃	13	地	侍	作者 / 読者		美化語
〃	14	対	侍	作者 → 修行者		対話語
〃	15	地	侍	作者 / 読者		美化語
191	13	地	侍	作者 / 読者		美化語
193	14	地	侍	作者 / 読者		美化語
194	9	対	候	沼次 → 作者		対話語
〃	9	対	候	沼次 → 作者		対話語
〃	10	対	候	沼次 → 作者		対話語
195	2	地	候	作者	後深草院	謙譲語
196	3	地	侍	作者 / 読者		美化語
〃	4	地	候	作者	後深草院	謙譲語
197	1	地	侍	作者 / 読者		美化語
198	10	地	侍	作者 / 読者		美化語
200	1	地	侍	作者 / 読者		美化語
〃	3	地	侍	作者 / 読者		美化語

200	8	地	侍	作者 / 読者	美化語
〃	10	地	侍	作者 / 読者	美化語
〃	11	地	侍	作者 / 読者	美化語
201	3	地	侍	作者 / 読者	美化語
202	2	地	侍	作者 / 読者	美化語
〃	3	地	侍	作者 / 読者	美化語
〃	4	地	侍	作者 / 読者	美化語
〃	7	地	侍	作者 / 読者	美化語
〃	10	地	侍	作者 / 読者	美化語
203	2	地	侍	作者 / 読者	美化語
〃	11	対	侍	大宮司 → 作者	対話語
〃	13	地	侍	作者 / 読者	美化語
204	9	地	侍	作者 / 読者	美化語
〃	12	対	侍	尚良 → 作者	対話語
〃	15	地	侍	作者 / 読者	美化語
206	1	地	侍	作者 / 読者	美化語
〃	3	地	侍	作者 / 読者	美化語
207	5	対	侍	作者 → 後深草院	対話語
〃	10	地	侍	作者 / 読者	美化語
〃	11	地	侍	作者 / 読者	美化語
〃	12	地	侍	作者 / 読者	美化語
208	12	対	侍	作者 → 後深草院	対話語
〃	13	対	侍	作者 → 後深草院	対話語
〃	14	対	侍	作者 → 後深草院	対話語
209	4	対	侍	作者 → 後深草院	対話語

209	4	対	侍	作者 → 後深草院	対話語
〃	6	対	侍	作者 → 後深草院	対話語
〃	8	対	侍	作者 → 後深草院	対話語
〃	15	対	侍	作者 → 後深草院	対話語
〃	15	対	侍	作者 → 後深草院	対話語
〃	15	対	侍	作者 → 後深草院	対話語
210	2	対	侍	作者 → 後深草院	対話語
〃	3	対	侍	作者 → 後深草院	対話語
〃	4	対	侍	作者 → 後深草院	対話語
〃	5	対	侍	作者 → 後深草院	対話語
〃	6	対	侍	作者 → 後深草院	対話語
〃	6	対	侍	作者 → 後深草院	対話語
〃	7	対	侍	作者 → 後深草院	対話語
〃	13	対	侍	作者 → 後深草院	対話語
〃	13	対	侍	作者 → 後深草院	対話語
〃	14	対	侍	作者 → 後深草院	対話語
〃	14	対	侍	作者 → 後深草院	対話語
〃	15	対	侍	作者 → 後深草院	対話語
211	3	対	侍	作者 → 後深草院	対話語
〃	11	地	侍	作者 / 読者	美化語
〃	13	地	侍	作者 / 読者	美化語
212	2	地	侍	作者 / 読者	美化語
〃	3	地	侍	作者 / 読者	美化語
〃	5	地	侍	作者 / 読者	美化語
〃	8	地	侍	作者 / 読者	美化語

· 巻五

頁	行	文	侍/候	動作 主体/話者	動作 客体/聴者	種類
213	2	地	侍	作者 / 読者		美化語
214	8	対	侍	遊女 → 作者		対話語
215	8	地	侍	作者 / 読者		美化語
216	1	地	侍	作者 / 読者		美化語
〃	2	対	侍	ある女 → 作者		対話語
〃	2	対	候	ある女 → 作者		対話語
〃	4	対	侍	作者 → ある女		対話語
217	8	地	侍	作者 / 読者		美化語
〃	9	地	侍	作者 / 読者		美化語
〃	15	地	侍	作者 / 読者		美化語
222	5	地	侍	作者 / 読者		美化語
〃	7	地	侍	作者 / 読者		美化語
〃	13	地	侍	作者 / 読者		美化語
223	1	地	侍	作者 / 読者		美化語
〃	2	地	侍	作者 / 読者		美化語
〃	12	地	侍	作者 / 読者		美化語
〃	14	地	候	今出川右大臣	遊義門院	謙譲語
224	10	地	侍	作者 / 読者		美化語
225	1	地	侍	作者 / 読者		美化語
〃	5	地	侍	作者 / 読者		美化語
〃	14	対	侍	作者 → 春王		対話語

225	14	対	侍	作者 → 春王		対話語
226	2	対	侍	春王 → 作者		対話語
〃	7	地	侍	作者 / 読者		美化語
〃	12	地	侍	作者 / 読者		美化語
〃	15	地	侍	作者 / 読者		美化語
227	2	地	侍	作者 / 読者		美化語
〃	14	地	侍	作者 / 読者		美化語
228	6	地	侍	作者 / 読者		美化語
〃	8	地	侍	作者 / 読者		美化語
〃	14	地	侍	作者 / 読者		美化語
229	3	地	候	作者	御所	謙譲語
〃	13	対	候	男 → 作者		対話語
230	8	地	侍	作者 / 読者		美化語
〃	13	地	侍	作者 / 読者		美化語
231	2	地	候	作者	神仏	謙譲語
〃	12	地	侍	作者 / 読者		美化語
232	7	地	侍	作者 / 読者		美化語
〃	10	地	侍	作者 / 読者		美化語
234	9	地	侍	作者 / 読者		美化語
〃	10	地	侍	作者 / 読者		美化語
235	1	地	侍	作者 / 読者		美化語
〃	6	地	侍	作者 / 読者		美化語
〃	8	地	侍	作者 / 読者		美化語
236	14	地	侍	作者 / 読者		美化語
237	4	地	侍	作者 / 読者		美化語

237	14	地	侍	作者 / 読者		美化語
〃	14	地	侍	作者 / 読者		美化語
〃	15	地	侍	作者 / 読者		美化語
238	2	地	侍	作者 / 読者		美化語
〃	3	地	侍	作者 / 読者		美化語
〃	5	地	侍	作者 / 読者		美化語
〃	5	地	侍	作者 / 読者		美化語
〃	11	地	侍	作者 / 読者		美化語
〃	12	地	侍	作者 / 読者		美化語
〃	13	地	候	作者	後深草院	謙譲語
〃	14	地	侍	作者 / 読者		美化語
239	8	地	侍	作者 / 読者		美化語
〃	11	地	侍	作者 / 読者		美化語
〃	12	地	侍	作者 / 読者		美化語
241	15	地	侍	作者 / 読者		美化語
242	1	地	侍	作者 / 読者		美化語
〃	3	地	侍	作者 / 読者		美化語
〃	5	地	侍	作者 / 読者		美化語
〃	7	地	侍	作者 / 読者		美化語
〃	10	地	侍	作者 / 読者		美化語
243	14	地	侍	作者 / 読者		美化語
244	1	対	候	作者 → 遊義門院		対話語
〃	2	地	侍	作者 / 読者		美化語
〃	3	地	候	作者	遊義門院	謙譲語
〃	7	対	侍	作者 → 遊義門院		対話語

244	8	地	侍	作者 / 読者		美化語
〃	15	地	侍	作者 / 読者		美化語
245	2	地	候	作者	神仏	謙譲語
〃	10	地	侍	作者 / 読者		美化語
〃	11	地	候	作者	御所	謙譲語
〃	12	地	候	作者	後深草院	謙譲語
246	10	地	侍	作者 / 読者		美化語
〃	15	地	侍	作者 / 読者		美化語
247	9	地	侍	作者 / 読者		美化語
〃	10	地	侍	作者 / 読者		美化語
〃	11	対	侍	作者 → 僧		対話語
〃	12	対	侍	作者 → 僧		対話語
〃	13	地	侍	作者 / 読者		美化語
〃	15	地	侍	作者 / 読者		美化語
248	2	地	侍	作者 / 読者		美化語
〃	13	地	侍	作者 / 読者		美化語
249	2	地	侍	作者 / 読者		美化語
〃	4	地	侍	作者 / 読者		美化語
〃	4	地	侍	作者 / 読者		美化語

■索引 ———

저자 도 기정(都 基禎)

　　　동국대학교 일어일문학과 졸업
　　　쓰쿠바대학 대학원 지역연구연구과 석사과정 졸업
　　　붓쿄대학 대학원 문학연구과 박사과정 수료
　　　경희대학교 대학원 일어일문학과 문학박사
　　　현재 남서울대학교 일본어과 부교수

　　　저서
　　　『고급 일본어 청해(Ⅱ)』(2001, 동아기획/공저)
　　　『높임말이 욕이 되었다』(2003, 글로세움/공저)
　　　『일본어학 중요 용어 743』(2005, 제이앤씨/공저)

　　　논문
　　　「中世敬語の特質 ー聞き手尊敬の敬語と言語形式を中心にー」
　　　「とはずがたりにおける「申す」「まかる」「まうでく」の用法」
　　　「『とはずがたり』の 敬語研究 ー文體的用法을 중심으로ー」

신일본어학총서 **74**

『とはずがたり』의 敬語 研究

초판인쇄 2008년 12월 02일
초판발행 2008년 12월 10일

저자 도기정
발행 제이앤씨
등록 제7-220호

우편주소 132-040 서울시 도봉구 창동 624-1 현대홈시티 102-1206
대표전화 (02)992-3253
팩시밀리 (02)991-1285
전자우편 jncbook@hanmail.net
홈페이지 http://www.jncbook.co.kr
책임편집 김진화

ISBN 978-89-5668-664-6 93830   / 정가 17,000원